CONTROLE MANUAL

Stacey Gregg

CONTROLE MANUAL

Organização e introdução
Beatriz Kopschitz Bastos

Tradução e posfácio
Alinne Balduino Pires Fernandes

ILUMINURAS

Título original
Override

Capa e projeto gráfico
Eder Cardoso / Iluminuras

Imagem de capa
Sem título, 2022, Samuel Leon,
200x100cm, óleo sobre tela,
[fragmento modificado digitalmente].

Preparação de texto
Jane Pessoa

Revisão
Eduardo Hube

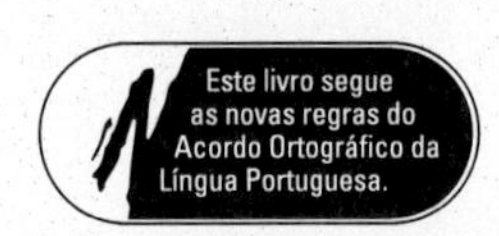

CIP-BRASIL. CATALOGAÇÃO NA PUBLICAÇÃO
SINDICATO NACIONAL DOS EDITORES DE LIVROS, RJ
G832c

Gregg, Stacey
Controle manual / Stacey Gregg ; organização e introdução Beatriz Kopschitz Bastos ; tradução e posfácio Alinne Balduino Pires Fernandes. - 1. ed. - São Paulo :
Iluminuras, 2024.
128 p. ; 21 cm.

Tradução de: Override

ISBN 978-65-5519-234-6

1. Pessoas com deficiência e artes cênicas. 2. Teatro irlandês. I. Bastos, Beatriz Kopschitz. II. Fernandes, Alinne Balduino Pires. III. Título.

24-93876 CDD: 828.99152
CDU: 82-2(417)

Meri Gleice Rodrigues de Souza - Bibliotecária - CRB-7/6439

2024
ILUMINURAS
desde 1987

Rua Salvador Corrêa, 119 | Aclimação, São Paulo/SP
04109-070 | Telefone: 55 11 3031-6161
iluminuras@iluminuras.com.br
www.iluminuras.com.br

SUMÁRIO

INTRODUÇÃO

Beatriz Kopschitz Bastos

Personagens com deficiências povoam o teatro irlandês moderno e contemporâneo. Este livro integra um projeto que oferece ao leitor uma seleção de peças irlandesas com protagonismo de pessoas com deficiências, traduzidas para o português do Brasil: *O poço dos santos* (*The Well of the Saints*, 1905), de John Millington Synge; *O aleijado de Inishmaan* (*The Cripple of Inishmaan*, 1997), de Martin McDonagh; *Knocknashee, a colina das fadas* (*Knocknashee*, 2002), de Deirdre Kinahan; *Controle manual* (*Override*, 2013), de Stacey Gregg; *Luvas e anéis* (*Rings*, 2010) e *Padrão dominante* (*Mainstream*, 2016), ambas de Rosaleen McDonagh.

O projeto insere-se na pesquisa orientada pela prática desenvolvida no Núcleo de Estudos Irlandeses da Universidade Federal de Santa Catarina, em associação com o Humanities Institute de University College Dublin, considerando a representatividade de pessoas com deficiências no teatro. A expressão "pesquisa orientada pela prática" refere-se "à obra de arte como forma de pesquisa e à criação da obra como geradora de entendimentos que podem ser documentados, teorizados e generalizados" (Smith e Dean, 2009, p. 7, minha tradução). O projeto contempla, portanto, produções artísticas, além de pesquisa teórica, traduções, publicações e eventos acadêmicos.

Assim, em 2023, celebrando vinte anos de fundação, a Cia Ludens, companhia de teatro dedicada ao teatro irlandês, dirigida por Domingos Nunez, em parceria com o Núcleo de Estudos Irlandeses da UFSC e a Escola Superior de Artes Célia Helena, coordenada por Lígia Cortez, promoveu um ciclo de leituras com o tema "Teatro irlandês, protagonismo e deficiência", bem como a montagem de *Luvas e anéis*, de Rosaleen McDonagh, em tradução de Cristiane Bezerra do Nascimento, com temporada no Sesc São Paulo. Vale dizer que, além de contar com produções de peças irlandesas e de um texto de autoria de Nunez em seu catálogo, a Cia Ludens realiza ainda ciclos de leituras e encenações online. Desde 2003, a companhia tem se apresentado em São Paulo e viajado em turnê pelo Brasil — e até para a Irlanda!

Veicular peças irlandesas de excelência artística com o tema do protagonismo de pessoas com deficiências, explorar as diferentes estéticas dramatúrgicas dessas peças e fomentar conexões com o contexto sociocultural do Brasil contemporâneo, contando com a participação de pessoas com deficiências na elaboração das publicações e na realização das produções, na condição de autores, tradutores, diretores, atores e equipe de criação, são alguns dos objetivos desse projeto.

Quanto à pesquisa teórica, privilegiou-se a crítica sobre teatro e deficiência. A leitura e discussão de textos tratando do tema permitiram um olhar mais abrangente sobre o assunto, para além das peças selecionadas, que possibilitasse a formulação de objetivos específicos, gerando reflexões sobre capacidade, acessibilidade e diversidade funcional.

Kirsty Johnston, em *Disability Theatre and Modern Drama* (2016, p. 35), discute o termo "*disability theatre*":

> *Disability theatre* [...] não designa um único padrão, modelo, local, uma única experiência com a deficiência, ou um único meio de produção teatral. Ao contrário, o termo emergiu em conexão com o movimento das artes e cultura que consideram a deficiência [...] na re-imaginação do termo em contextos geográficos, socioeconômicos e culturais diversos. [...] *Disability theatre* busca desestabilizar tradições de performance, primeiro e, principalmente, com quem está no teatro, no palco e fora dele. (Minha tradução)

No caso do teatro irlandês, Emma Creedon argumenta, no artigo "Disability, Identity, and Early Twentieth-Century Irish Drama" (2020, p. 64), que a representação da deficiência no drama do Renascimento Irlandês do início do século XX "contava tradicionalmente com estruturas de interpretação corporal limitadas a narrativas de representação", com personagens "frequentemente identificados apenas por sua deficiência" — como Homem Cego, Mendigo Manco e Aleijado Billy. Creedon nota ainda que, no período contemporâneo, há "poucos exemplos na Irlanda e, na verdade, internacionalmente, de teatros que busquem atores com deficiências para esses papéis, ou de seleção de elencos que não considerem capacidades" (minha tradução).

Também Christian O'Reilly, dramaturgo irlandês dedicado ao tema da deficiência em grande parte de sua obra, e o ator com paralisia cerebral, Peter Kearns, em entrevista na RTE

(2022), a rede nacional de rádio e TV da Irlanda, apontam para o fato de que há poucos atores profissionais com deficiências na Irlanda, pois eles não recebem treinamento nem oportunidades. A prática no teatro irlandês tem sido selecionar atores não deficientes para papéis de personagens com deficiências, o que tem gerado debate sobre inclusão e representatividade nas artes. Pode-se ainda acrescentar que o recrutamento de equipe técnica com deficiências e a visibilidade do trabalho de dramaturgos com deficiências são insuficientes.

Efetivamente, Rosaleen McDonagh (2013), em entrevista a Katie O'Reilly, comenta sua trajetória como escritora:

> Quando eu estava em Londres, nos anos 1990, assistindo muito a *Disability Arts*, a atração pelo teatro começou. De volta a Dublin, comecei a questionar onde estavam as pessoas com deficiência ou a cultura da deficiência? [...] Foi nesse ponto que comecei a escrever minhas próprias peças em silêncio. Convidava amigos para jantar, enchendo-os de comida e alegria, na esperança de que eles lessem minhas peças. Quinze anos escrevendo em silêncio. (Tradução de Cristiane Nascimento)

A realidade na Irlanda verifica-se também no Brasil. O projeto, como um todo, questiona e desafia tradições de dramaturgia e performance calcadas na capacidade, e as produções se propõem a reimaginar e discutir a deficiência no teatro — "no palco e fora dele" —, em nosso próprio contexto geográfico, cultural e socioeconômico, conforme Kirsty Johnston.

Os conceitos de deficiência abordados por Petra Kupers, em *Theatre and Disability* (2017, p. 6), e as questões formuladas por ela foram diretrizes vitais para a concepção e o desenvolvimento da pesquisa orientada pela prática:

> — deficiência como experiência — como podemos tornar centrais as experiências de pessoas com deficiências, concentrando-nos na sensação de ser diferente em corpo ou mente?
> — deficiência em público — o que acontece quando essas diferenças entram em mundos sociais, e quando o status minoritário de alguns se torna aparente? [...]
> — deficiência como narrativa — como a deficiência produz significado nas narrativas, no palco, da história do teatro?
> — deficiência como espetáculo — como pessoas com deficiências — e sem — mobilizam o status singular da deficiência como uma ferramenta poderosa? (Minha tradução)

Essas perguntas nortearam parte do trabalho de mapeamento e escolha de peças para o projeto, que busca, justamente, respondê-las. O catálogo de peças selecionadas prevê obras do chamado Renascimento Irlandês do início do século XX, do período de expansão econômica no fim do século XX — em que a Irlanda ficou conhecida como Tigre Celta —, e do século XXI, evidenciando a autoria feminina e de minorias hoje. O recorte temporal também enfatiza a participação de pessoas com deficiências na produção contemporânea e como personagens com deficiências têm sido representados desde a fundação do Abbey Theatre — o Teatro Nacional da Irlanda em Dublin —, em 1904, até o momento atual.

As peças e autores a seguir integram o projeto final:

O POÇO DOS SANTOS (1905)
de John Millington Synge (1871-1909)

Em tradução de Domingos Nunez, essa peça fez parte do repertório original do Abbey Theatre. Um estudo tragicômico do conflito entre ilusão e realidade, a peça mostra um casal de idosos cegos, Martin e Mary Doul, no condado de Wicklow, cuja cegueira é temporariamente curada por um "santo" que chega ao local. Desiludido com o milagre da cura, o casal faz uma escolha inesperada. A peça é considerada um trabalho à frente de seu tempo, e o teatro de Synge é, de certa forma, reconhecido como precursor do teatro de Samuel Beckett e Martin McDonagh.

John Millington Synge foi um dos principais dramaturgos do Renascimento Irlandês. Nascido no condado de Dublin, Synge fez várias viagens às ilhas Aran, no remoto oeste da Irlanda, onde coletou material primário para suas peças em inglês, recorrendo a ritmos e sintaxe próprios do irlandês, forjando seu característico dialeto hiberno-inglês para o teatro. Nas palavras de Declan Kiberd (1993, p. xv), "o encantamento mortal do dialeto de Synge é a beleza que existe em tudo o que é precário ou moribundo. [...] Aqueles elementos de sintaxe e imagens trazidos de uma tradição nativa por um povo que continua a pensar em irlandês, mesmo que fale inglês" (minha tradução). Synge privilegiou o modo tragicômico em sua obra, compondo peças seminais na formação do teatro irlandês moderno e contemporâneo, como *The Shadow of the Glen* (1903), traduzida como *A sombra do desfiladeiro*, por Oswaldino Marques, em 1956; *Riders to the Sea* (1904); *The Tinker's Wedding* (1909); e *The Playboy of the Western World* (1907), traduzida como *O prodígio do mundo ocidental*, por Millôr Fernandes, e publicada em 1968.

O ALEIJADO DE INISHMAAN (1997)
de Martin McDonagh (1970-)

Também em tradução de Domingos Nunez, a peça se passa em 1934, em uma das três ilhas Aran: Inishmaan. Os habitantes da ilha tomam conhecimento de que o diretor de cinema americano, Robert Flaherty, chegará à ilha vizinha, Inishmore, para filmar o documentário *Man of Aran*. Billy, rapaz órfão com deficiência física, chamado pelos habitantes da ilha de Aleijado Billy, decide se candidatar a figurante no filme. Billy consegue ir para Hollywood com a equipe de filmagem, mas apenas para descobrir que tudo seria bem diferente de seu sonho. Sua volta para a ilha também guarda surpresas devastadoras. Muito característicos do teatro de Martin McDonagh, elementos de violência e humor ácido destacam-se na peça.

Martin McDonagh é um premiado dramaturgo, roteirista, produtor e diretor nascido em Londres, filho de pais irlandeses. Seu material dramático, assim, é principalmente de inspiração irlandesa. Suas peças mais conhecidas, de grande sucesso internacional, são as que compõem a chamada trilogia de Leenane — *The Beauty Queen of Leenane* (1996), traduzida como *A Rainha da Beleza de Leenane* e produzida no Brasil em 1999, *A Skull in Connemara* (1997) e *The Lonesome West* (1997) — e as peças da trilogia das ilhas Aran — *The Cripple of Inishmaan* e *The Lieutenant of Inishmore* (2001). A terceira obra da trilogia de Aran foi produzida como filme em 2022: o premiado *Os Banshees de Inisherin*. Conforme já assinalado, o teatro de Martin McDonagh, considerado provocativo e controverso, caracteriza-se pelo uso de violência e crueldade física e psicológica. A exemplo de Synge, McDonagh também costuma privilegiar o tragicômico e o uso do hiberno-inglês. Para Patrick Lonergan (2012, p. xvi), a obra de McDonagh "tem atravessado fronteiras nacionais e culturais sem esforço, o que o torna um dramaturgo verdadeiramente global" (minha tradução).

KNOCKNASHEE, A COLINA DAS FADAS (2002)
de Deirdre Kinahan (1968-)

Em tradução de Beatriz Kopschitz Bastos e Lúcia K. X. Bastos, a peça se passa em um lugar fictício chamado Knocknashee, no condado de Meath. Patrick Annan, artista em cadeira de rodas, Bridgid Carey, personagem em um programa de reabilitação para dependentes químicos, e Hugh Dolan, personagem com questões relacionadas à saúde mental ligadas a seu passado, encontram-se por ocasião da tradicional festividade da Véspera de Maio, em cuja noite, supostamente, um portal mítico para o mundo das fadas se abre. Patrick acredita poder passar para esse outro mundo naquela noite. Quando confrontado por Bridgid sobre seus motivos para desejar essa passagem, ele a surpreende com sua visão acerca da deficiência. Uma das peças menos conhecidas de Deirdre Kinahan, ainda não publicada no original em inglês, *Knocknashee* trata a questão da deficiência com respeito, além de abordar tradições irlandesas, bem como outros temas caros à autora.

Deirdre Kinahan, dramaturga nascida em Dublin, membro da Aosdána — prestigiada associação de artistas irlandeses —, emergiu na cena teatral irlandesa no início dos anos 2000 como uma voz original e marcante, com peças consideradas experimentais. Sua obra compreende temas como drogas, prostituição, saúde mental e envelhecimento, além de relações familiares marcadas por traumas e culpas, quase sempre, entretanto, "levando a uma nota positiva no fim, ou, pelo menos, que permita à plateia imaginar que alguma mudança para melhor [...] seja possível", conforme aponta Mária Kurdi (2022, p. 2, minha tradução). Dentre suas peças mais recentes, destacam-se *Halcyon Days* (2013), *Spinning* (2014), *Rathmines Road* (2018), *Embargo* (2020) e *The Saviour* (2021). Em 2023, *An Old Song, Half Forgotten* estreou no Abbey Theatre com grande aclamação da crítica e do público.

CONTROLE MANUAL (2013)
de Stacey Gregg (1983-)

Em tradução de Alinne Balduino P. Fernandes, a peça retrata um casal de jovens, Mark e Violet, em uma época em que o uso excessivo de tecnologia para corrigir imperfeições e deficiências físicas, ou simplesmente para aprimorar habilidades físicas, tornou-se prática possível e normal. O casal, entretanto, tenta resistir a esse fenômeno e à sociedade que o aprova e facilita. Enquanto Mark e Violet esperam o nascimento de seu primeiro filho, surgem revelações inesperadas e comprometedoras, que ameaçam seu mundo, seus corpos e seu relacionamento perfeito. "Quando o casal começa a desvendar seus segredos, há um sentimento de tristeza, mas também de alívio, por serem capazes de finalmente exteriorizar a verdade, cada um a partir da sua perspectiva", de acordo com Melina Savi e Alinne Fernandes (2023, p. 146, minha tradução). Uma distopia instigante, *Controle manual* convida espectadores e leitores a refletir sobre o que significa ser humano e sobre a perfeição humana em si.

Stacey Gregg é uma dramaturga, roteirista e diretora norte-irlandesa que atua no teatro, cinema e televisão. Sua obra levanta temas como tecnologia, robótica, pornografia, gênero e a história conturbada de sua cidade natal, Belfast. Seus filmes mais recentes incluem os longas *Ballywater* (2022, roteiro) e *Here Before* (2021, roteiro e direção); os curtas *Mercy* (2018, roteiro e direção) e *Brexit Shorts: Your Ma's a Hard Brexit* (2017, roteiro). Suas peças mais recentes são *Scorch* (2015), *Shibolleth* (2015), *Lagan* (2011) e *Perve* (2011).

LUVAS E ANÉIS (2012)
de Rosaleen McDonagh (1967-)

Em tradução de Cristiane Bezerra do Nascimento, a peça tem como personagem central Norah, pugilista surda, membro da comunidade da minoria étnica dos *travellers* — os nômades irlandeses —, que expressa seus pensamentos por meio da Língua Brasileira de Sinais. Ela divide a cena com o Pai que, não sabendo usar a linguagem da filha, se expressa por meio da fala. Construído pelos monólogos da filha e do pai, o dilema da peça está na decisão de Norah sobre seu próprio destino. O texto aborda temas como deficiência, feminismo e inclusão social.

PADRÃO DOMINANTE (2016)
também de Rosaleen McDonagh (1967-)

Em tradução de Cristiane Bezerra do Nascimento, a peça apresenta um grupo de amigos, da comunidade *traveller*, que cresceram em lares para pessoas com deficiências e ajudam uns aos outros na vida adulta. Enquanto respondem a perguntas, em frente a uma câmera, para um documentário feito por uma jornalista com deficiência, questões complexas vêm à tona. McDonagh, de acordo com Melania Terrazas (2019, p. 168), "usa a retórica da sátira, particularmente ironia, paródia e humor, para problematizar o próprio processo de escrita a fim de desconstruir ideias estagnadas sobre os *travellers* irlandeses, com especial atenção às mulheres" (minha tradução) e, acrescento, às pessoas com deficiências.

Rosaleen McDonagh é uma escritora pertencente à minoria étnica *traveller*, nascida com paralisia cerebral, em Sligo. Ela também faz parte da Aosdána e, por dez anos, trabalhou no Pavee Point Traveller and Roma Centre, no programa de prevenção à violência contra a mulher, cujo conselho ainda compõe. Sua obra para o teatro e rádio, bem como sua coletânea de ensaios, *Unsettled* (2020), versam sobre feminismo, deficiência e inclusão social.

Observa-se que algumas peças e autores bastante relevantes não compõem o *corpus* selecionado, como as de autoria de William Butler Yeats, *On Baile's Strand* (1904), *The Cat and the Moon* (1931) e *The Death of Cuchulain* (1939), pois optamos por privilegiar o trabalho de John Millingon Synge, dentre os dramaturgos do chamado Renascimento Irlandês; de Sean O'Casey, *The Silver Tassie* (1928), peça sobre a Primeira Guerra, que se tornou inviável devido à dificuldade de obtenção de direitos autorais; de Brian Friel, *Molly Sweney* (1994), peça fundamental sobre a cegueira, mas cujo autor já teve sua obra bastante explorada pela Cia Ludens; e a obra de Samuel Beckett, por já ser bastante conhecida no Brasil. Cabe ressaltar que o projeto busca, dentro do possível, também o ineditismo. *No Magic Pill*, peça de 2022 sobre a vida do ativista irlandês com deficiência, Martin Naughton, escrita por Christian O'Reilly, também não foi incluída, por uma questão de tempo hábil.

O ineditismo e a significância do projeto residem em discutir a proeminência de pessoas com deficiências no teatro moderno e contemporâneo irlandês, além de sua participação efetiva como agentes de mudança em projetos teatrais e artísticos na Irlanda e no Brasil. A seleção de peças mostra a evolução gradual e o comprometimento dos dramaturgos com o tema, bem como o crescimento da participação de vozes femininas, de minorias étnicas e de pessoas com deficiências — todas extremamente originais na abordagem da questão.

O projeto apresenta peças do vibrante catálogo da dramaturgia irlandesa inéditas no Brasil e visa contribuir para o debate sobre a representatividade de pessoas com deficiências no teatro contemporâneo e no mercado de produção artística. Afinal, conforme aponta Elizabeth Grubgeld em *Disability and Life Writing in Post-Independent Ireland* (2020, p. 17), "as origens da deficiência não estão exclusivamente no corpo; deficiência [...] não é equivalente à tragédia; [...] e o mais importante, deficiência é social, política, econômica, geográfica — nunca simplesmente uma questão pessoal" (minha tradução). Promover esse tipo e grau de conscientização constitui, de fato, o objetivo precípuo do projeto e das publicações.

Este projeto conta com apoio do *Emigrant Support Programme*, do governo da Irlanda, e do Consulado Geral da Irlanda em São Paulo.

REFERÊNCIAS BIBLIOGRÁFICAS

CREEDON, Emma. "Disability, Identity, and Early Twentieth-Century Irish Drama". *Irish University Review*, n. 50, v. 1, pp. 55-66, 2020.

GREGG, Stacey. *Override*. Londres: Nick Hern Books, 2013.

GRUBGELD, Elizabeth. *Disability and Life Writing in Post-Independence Ireland*. Londres: Palgrave Macmillan, 2020.

JOHNSTON, Kirsty. *Disability Theatre and Modern Drama*. Londres: Bloomsbury Methuen Drama, 2016.

KEARNS, Peter. "*No Magic Pill: Thinking Differently about Disability on the Stage*". Entrevista concedida a Christian O'Reilly. RTE, 21 set. 2022. Disponível em: <https://www.rte.ie/culture/2022/0921/1323352-no-magic-pill-thinking-differently-about-disability-on-the-stage/>. Acesso em: 27 jul. 2024.

KIBERD, Declan. *Synge and the Irish Language*. 2. ed. Londres: The Macmillan Press, 1993.

KINAHAN, Deirdre. *Knocknashee*, 2002.

KUPERS, Petra. *Theatre and Disability*. Londres: Palgrave, 2017.

KURDI, Mária. "Introduction". *In: "I Love Craft. I Love the Word": The Theatre of Deirdre Kinahan*. Org. de Lisa Fitzpatrick e Mária Kurdi. Oxford: Carysfort Press; Peter Lang, 2022, pp. 1-7.

LONERGAN, Patrick. *The Theatre and Films of Martin McDonagh*. Londres: Bloomsbury Methuen Drama, 2012.

MCDONAGH, Martin. *The Cripple of Inishmaan*. Nova York: Vintage International, 1998.

MCDONAGH, Rosaleen. "*Rings*". *In*: MCIVOR, Charlotte; SPANGLER, Matthew. *Staging Intercultural Ireland: New Plays and Practitioner Perspectives*. Cork: Cork University Press, 2014, pp. 305-18.

______. *Mainstream*. Londres: Bloomsbury Methuen Drama, 2016.

______. "*20 Questions... Rosaleen McDonagh*". Entrevista concedida a Kaite O'Reilly, 17 set. 2013. Disponível em: <https://kaiteoreilly.wordpress.com/2013/09/17/20-questions-rosaleen-mcdonagh/>. Acesso em: 27 jul. 2024.

SAVI, Melina; FERNANDES, Alinne. "You're Like a Vegetarian in Leather Shoes: Cognitive Disconnect and Ecogrief in Stacey Gregg's *Override*". *Estudios Irlandeses*, n. 18, pp. 137-47, 2023. Disponível em: <https://doi.org/10.24162/EI2023-11472>. Acesso em: 27 jul. 2024.

SMITH, Hazel; DEAN, Roger T. (Ed.). *Practice-led Research, Research-led Practice in the Creative Arts*. Edimburgo: Edinburgh University Press, 2009.

SYNGE, J. M. "*The Well of the Saints*". *In*: ______. *Collected Works III. Plays Book I*. Gerrards Cross: Colin Smythe, 1988, pp. 69-131.

TERRAZAS, Melania. "Formal Experimentation as Social Commitment: Irish Traveller Women's Representations in Literature and on Screen". *Revista Canaria de Estudios Ingleses*, v. 79, pp. 161-80, 2019.

CONTROLE MANUAL

PERSONAGENS

Mark
Violet

NOTA DA AUTORA

Os trechos de diálogo entre parênteses não precisam ser falados.
À primeira vista, a peça tem um estilo retrô ou de bricolagem, como se estivéssemos nos anos 1960 ou 1990, ou ainda num espaço contemporâneo não identificável. O que importa é que não tenhamos a sensação de estarmos assistindo a algo "futurista".

NOTA DA TRADUTORA

As barras oblíquas (/) indicam falas sobrepostas. O local da barra na fala de um personagem indica o início da fala do outro personagem.

REFERÊNCIAS

Representations of the Post/Human, de Elaine Graham
The Reproductive Revolution, de John MacInnes e Julio Pérez
A Cyborg Manifesto, de Donna Haraway
The Wellcome Trust Superhuman Exhibition
You Are Not a Gadget, de Jared Lanier
Obras e arte de Floris Kaayk, Naomi Mitchison, Patricia Piccinini
H+ Magazine

Primeira parte

CONTROLE MANUAL[1]

Área rural. Dia ensolarado.

Clima de casa de campo. Uma lareira aberta, que não está acesa.

Quando em silêncio, é possível ouvir sons de pássaros. Neste momento, porém, uma música pop ruim toca em volume alto.

Na casa, há elementos característicos de alguém que se considera culto: um pôster de pintura clássica na parede, uma pequena coleção ornamental de livros que aparentam ser de literatura séria.

No chão, encontram-se um vaso de plantas suspenso e uma jardineira de janela, que estão sobre um lençol para que a terra não suje o chão. Mas há um pouco de terra espalhada pelo chão, de um jeito meio bagunçado. O vaso está pronto para o plantio. A jardineira está repleta de plantas variadas. Por perto, há ainda uma espátula suja jogada.

MARK está sentado num sofá. VIOLET está de joelhos e deixou em separado o que estava plantando.

Ele é uma pessoa peculiar. Não é desleixado. Gosta de manter seus talheres limpos e suas roupas íntimas dobradas. Ela é desajeitada. Sensual. Abre embalagens nas lojas para chei-

[1] Agradeço às professoras Sarah Franklin e Jenna Ng, do Centre for Research in the Arts, Social Sciences and Humanities (CRASSH), a Kevin Warwick, Jane Fallowfield, Deborah Pearson, Chris Gregg, Laura Lomas e Brigid Larmour.

rá-las, mesmo quando não são amostras. Quando cozinha, mede as quantidades dos ingredientes no olhômetro.
Ela acaba de dizer algo a MARK.

MARK (*falando junto com a música*) desligar.
A música para de repente.
O que você falou?

VI Deve ser um engano.
Tenta segurar a mão dele.

MARK não encosta em mim.
Ela fica mordida.
É que. As suas mãos tão sujas.
Ela olha para as próprias mãos. Limpa-as em suas roupas.

VI Eu tava no jardim.
Ela se levanta e vai lavar as mãos.
Seca-as.
Vai até a janela. Olha para o lado de fora.
Abre a janela.

MARK O que você tá fazendo?

VI Por quê? Você acha que alguém consegue *ouvir a gente*?
Não tem vivalma por aqui.

MARK Tem aquele cara gordo que tem um cachorro, um Russell,
ele tá /
sempre todo —

VI Ai, não começa.

Pausa.

Quer um cafezinho?

Ele olha para ela, meio perdido.

Ela encaminha-se para preparar o café.

MARK (*resmungando*) Que sem noção. Um cafezinho. Que boa ideia. Excelente ideia.

Ele massageia a própria testa.

(*Para fora do palco.*) Então. E aí, como ficamos?

Silêncio.

A sua mãe — (*Pesaroso, para si mesmo.*) A sua mãe.

VI (*De fora do palco.*) Quê?

MARK Ela não protegeu os seus, ehm —

VI retorna com uma cafeteira meio cheia. Para na soleira da porta.

VI Investimentos.

MARK É.

VI Não.

Ela acomoda a cafeteira.

(*Falando sobre o café.*) Ainda tá quente.

MARK Desculpa, eu só queria.

VI Eu sei.

(*Serve café para si mesma.*)

MARK Resolver isso.

Ela assente com a cabeça e sorve a sua bebida.

VI Tinha uma mensagem.

MARK Certo.

VI Um e-mail. Os investimentos digitais da mamãe foram congelados. Por aquela empresa. Sabe, aquela de sempre, aquela das propagandas com o cara chato.

MARK Sei, o cara histérico, /o —

VI O gritão, esse mesmo.

MARK Certo.

VI Então, por eu ser sua parenta mais próxima, ela deixou os investimentos disponíveis pra mim. Tinha uma autorização.

MARK Não tinha senha?

VI (*dá de ombros*) Sabe como era a mamãe, a mesma senha pra tudo.

Ele estala a língua em reprovação.

Ela cutuca os vasos de plantas com a espátula.

Falei pra ela. Primeiro você nunca escuta os seus pais, aí depois eles é que nunca te escutam. É o círculo da vida. Como diria Elton John.
(*Canta.*) "*Ciiircle of liiiife.*"

MARK Dá pra deixar isso quieto?
Ela larga a espátula no chão.
Então — ela usou a / mesma senha

VI (*assentindo com a cabeça*) A mesma senha pra tudo.

MARK (*gira a cabeça, em desespero*) Dia do aniversário?

VI Dia e mês.
E Picles.
Nosso primeiro cachorro.
Um jack russell.
Coisícula de nada.
Cagava por tudo.
Um dia ele entrou no...

MARK Então, quem tinha acesso?

VI Além de mim?

MARK Além de você.

VI Sei lá.

MARK Legal. Massa. Então. Praticamente arregaçado pro mundo inteiro.

VI Mas é claro que eu posso — a gente pode descobrir.
Ela pega uma manchinha invisível do seu café.
Mas.
Talvez a gente não queira chamar —
você sabe —

MARK Você tá ouvindo / o que você tá falando?

VI ... atenção, eu sei, mas —

MARK Escuta só!

VI Mark, calma.
Ela serve café para ele. Ele não quer.
Eu sei que isso é meio. Difícil pra você.

MARK Aff!

VI Só de pensar que talvez eu tenha passado por qualquer tipo de, sabe, *procedimento*.
Ela tenta prender o seu olhar, mas ele vira o rosto.

MARK Certo.

VI Humm — ela não tinha muita coisa. Bens. Quase tudo foi no enterro. Pagaram pela lápide — (*Sorrindo.*) Ela queria que tocassem *Cavalgadas das Valquírias*, sabe —

MARK *Cavalgada / das Valquírias*

VI (*faz uma demonstração*) Tum-tum ta tuuuum tuuuum, tum, — ta tum tuum tuuuum

MARK Tá bom, chega —

VI Tá bom — três anos desde que vi minha mãe pela última vez. Nem parece.
Ela ensaia falar mais. Mas olha para o outro lado. Alisa as próprias roupas. Deixa a onda de tristeza passar. Ele aguarda, por consideração.

MARK Sei que é difícil.
Ela respira fundo.

VI Tá tudo certo. Ninguém deseja viver pra sempre. Eu tava, é. Dando uma geral. Pra ver se tinha alguma coisa, sei lá, importante. Só recibos eletrônicos, inscrições, assinatura da bbc online, a coleção de discos da Bette Midler, aquela cantora americana — bom, e lá estava. A autorização. O meu nome.
Ele absorve a informação.

MARK Você sabia?
Pausa breve.

VI Como — claro que não. *Claro que não.*

MARK Certo, mas —

VI Isso tem muitos e *muitos* anos, eu devia ser uma criança. Eu era uma criança.

MARK Mas esse foi o / primeiro que você —

VI Não tenho nenhuma lembrança — e eu fiquei pensando — se eles me sedaram, ou —

MARK Céus.

VI Sabe como essas coisas eram rápidas — e então eu — não devo nem ter percebido, sei lá.

MARK Não, eu *não* sei como são essas coisas.
Pausa breve.
Eu tenho a sensação de que, amorzinho, de repente. Nem te conheço mais.
Ela acomoda sua xícara no chão. Coloca a mão sobre MARK.

VI Não dá pra saber o que fizeram.

MARK (*repelindo-a*) Não, não dá! não dá mesmo.

VI É verdade, é um baque, é / com certeza — mas —
Já li sobre pessoas que nunca souberam. Que foram operadas quando eram pequenas.
Ele processa o que ela acaba de falar. Ele acomoda o seu café.

MARK Você pesquisou sobre isso?

VI Sobre o quê?

MARK Como assim — "pessoas"?

VI Sei lá.

MARK Que "pessoas"?

VI Ah — li num artigo qualquer, sei lá.

MARK Mas então você foi atrás disso.

VI Não, não fui.

MARK Isso não apareceria assim do nada na sua nuvem.

VI Sei lá, deve ter sido algum link — um link pra alguma outra coisa.

MARK Tipo o quê?
Ele espera por uma resposta.

VI A minha família não era que nem a sua.

MARK Quê?

VI É que. Se eu paro pra me comparar com você, que tem uma família *cheia da grana* — é mais fácil pra / você —

MARK Você está confundindo / *alhos com bugalhos!*

VI — preto no branco, tudo era mais preto no branco pra você, mas não é preto no branco, é isso. É legal, na maior parte das vezes é uma qualidade — porque faz você parecer — autoconfiante — até meio. Sexy.

MARK Para — como assim não é / preto no branco?

VI Você sabe o que tô querendo dizer, a sua família é toda acadêmica, sofisticada — a sua *irmã* —

MARK Que é que tem ela?

VI Dá medo. Usa sapato de gente adulta bem-sucedida. Gente, e aquele jantar horrível?
Ele sabe do que ela está falando.
Nem consegui terminar o meu crème brûlée. E olha que eu *adoro* crème brulée —

MARK É, eu sei.

VI ... se eu pudesse injetar em você o que eu senti — me senti como se eu fosse um sangramento, um membro amputado e sangrento no final do jantar, uma — enorme ferida aberta. (*Simula uma fonte de sangue arterial.*)
Ele assente com a cabeça.
Ela me chamou de (*Faz aspas com os dedos.*) “incomum”.

MARK Incomum.
Não deixa de ser engraçado.
Já te chamaram de coisa pior.

VI É, eu sei.

MARK A gente se mijou de rir. Você ficou puta, nunca te vi daquele jeito, bêbada — com um batedor na mão.

VI E, por algum motivo, eu fiquei a fim de você, aff! O jeito como você falava — parecia um encantador.

MARK Você era excêntrica, intensa. Aquilo era — atraente.

VI É claro.

MARK É claro. Eu tava a fim de você pra caralho.

VI Eu tava a fim de te foder pra caralho.
Ele abre um sorriso.
O que eu quero dizer, Mark, é que a sua família tinha todo um jeito diferente.
Ele fica irritado de novo.

MARK Olha, eu não tava de implicância com a sua mãe —

VI Eles não têm culpa. Vendiam aquilo pras pessoas — *as ambições* — eram diferentes.

MARK Ampliações.
Você quer dizer.
É disso que você tá falando.
Ela assente com a cabeça. Ele coloca as mãos nos bolsos. Morde os lábios. Vira o rosto.

VI Não vai mais tomar café?

MARK Não, obrigado.

VI Tá uma delícia, meio amendoado, uma torra —

MARK Violet.

VI suspira.

VI Tá certo — certo, certo — a mamãe e uns amigos que ela tinha — mamãe me contou que todos foram embora na adolescência. (*Dá de ombros.*) Todo mundo fazia. E por que não? Ganharam uma viagem na raspadinha.

MARK Aff.

VI Passaram por uma. Pequena cirurgia.

MARK O que eles tinham?

VI Tipo um calombinho, no olho. (*Gesticula enquanto rememora.*)

MARK (*com asco*) Meu Deus.

VI Uma delas escondeu, a mamãe me contou. Pela vida inteira.

MARK Fez por motivos médicos, ou...?

VI Até do marido. Tã-dãm! Olhos melhores. Pague agora, faça um upgrade depois.

Pausa breve.

MARK Onde?

VI Onde eles fizeram a cirurgia?

MARK É.

VI (*dá de ombros*) Onde fosse. Antes de ser proibido, claro.

MARK Sério?

VI Sério mesmo.

MARK Porque —

VI Não era pra eu falar sobre isso agora, mas — para com essa coisa de virar a cara —

MARK Eu não tô virando a cara —

VI Tá sim —

MARK Eu tô é *pensando* na real —

VI Ela fez uma remoção, Mark. Ela não queria ser — que nem aquelas celebridades hollywoodianas — aquelas cirurgias plásticas de nariz, tatuagens. Que se arrependeram. Que nem o Michael Jackson.
Pausa breve.

MARK Quem é o Michael Jackson?

VI Eu o imito o tempo todo, amorzinho.

MARK Aquela coisa pop.

VI Eu gosto. Ele é o rei do pop. E o Prince é o / príncipe.

MARK E *você*?

VI Eu acho que. Ehm. Devem ter feito uma dessas em mim quando eu era pequena.
Ele absorve a informação.
Eu só, ehm, li a autorização por cima.
Fiquei tensa — se eu deixasse o documento aberto, podia chamar a atenção. Mas deve ter acesso aberto aqui.
Dei uma olhada.
Já vi umas fotos.
Deve ter sido nas férias. O papai, vestido com uma camisa brega, ridículo — eu tenho uma coisa com peitos — e — eu com um olho meio / vesgo.
Pausa breve.
Parece meio careta, né?

MARK Você acha —

VI Talvez.

MARK Você acha que ela te obrigou a fazer uma cirurgia. Porque você tinha um *olho vesgo*?
Ele se levanta e caminha em volta. Coça a cabeça.
Arrá.

De repente, ele se aproxima do rosto de VI. Segura o seu queixo e inclina a cabeça de VI na direção da luz.
Qual deles?
Ela indica o olho. Ele inspeciona. Ele a deixa em paz, afasta-se novamente. Ela toca o próprio olho com constrangimento.

VI Você consegue entender isso pela ótica da minha mãe? (*Risada involuntária.*) Ops — foi mal pelo trocadilho.

MARK Tô sofrendo —

VI Você é pior que fóbico com essas coisas —

MARK Você tá defendendo a sua mãe.

VI Claro que não.
Claro que não, de jeito nenhum.
Sim.
Ele retorna o olhar para ela.
Tô, na real.

MARK Arrá.

VI Ela fez o que achava que era melhor pra mim, como poderia saber?

MARK Genial.

VI Era que nem fumar, ninguém sabia.

MARK Genial.

VI Diziam que fazia bem! As mulheres fumavam com barrigão. Não duvido que não tenha existido alguma propaganda do tipo: "Injete heroína e seu cabelo ficará cacheado"! As pessoas faziam o que achavam que era certo.
E aí — eu deixei tudo pra trás e me mudei pra cá com você. Onde Judas perdeu as botas.

MARK Por *nós* — não fala assim.

VI Assim como?

MARK Assim.

VI Não tô querendo te deixar constrangido, tô só tentando dizer que — só tô dizendo que não sei o que tô dizendo a não ser que — (*Fica emotiva.*) Tenho saudades dela. E também tenho saudades do Picles, aquele cachorro cagão. É só isso.
O olhar de VI vai em direção ao armário das bebidas.

MARK Você não fez — a sua mãe e os amigos dela. Fizeram cirurgia a laser.

VI Arrãm.

MARK Ela te levou, você *acha* que ela te levou pra — pra quê — *consertar* o seu olho vesgo?

VI Arrãm.

MARK Mas você disse que a autorização diz que você fez uma ampliação.
Não é a mesma coisa.
Uma coisa é uma correção, por motivos *médicos*, e outra coisa é um *aprimoramento*. Violet.
Ela o ignora.
Olha, foi mal, eu sei que você não conseguiu ver a sua mãe. Antes de ela (morrer).
Mas nós dois concordamos em vir pra cá. Não te obriguei.

VI Não, eu sei — só tô chateada.
Estou feliz aqui.
Estou feliz.

MARK Eu também.
Feliz.

VI É que.
Nem todo mundo podia fazer aquilo.
Tomar aquele tipo de decisão.

MARK Não.

VI (*em tom crítico*) Nem todo mundo tinha permissão.

MARK (*com mais firmeza*) Tem que haver restrições pra esse tipo de coisa.
O comentário de MARK a irrita.

Há um impasse.
Ela pega o tricô.
Inspeciona-o.
É uma roupinha de bebê. Ela ri com sarcasmo.

VI O que é que me deu? *Tricotando.* Aff.
Ela dobra a roupinha e a deixa de lado.
Ele a observa.
Ela vai até o armário de bebidas.
Serve-se.
Cheira a bebida. Desfruta do cheiro.
Que vontade de virar um desses.
Ele se levanta e se aproxima. Ela lhe oferece a bebida.
Ele a pega da sua mão e a coloca de lado, o que gera um pequeno estampido.

MARK Olha. A gente precisa dar nome pra isso e falar em alto e bom som — vamos encarar isso, você / pode ser —

VI Mas eu acho que não, Mark.

MARK (*explodindo*) Mas você não se lembra — você pode ter feito *qualquer tipo* de cirurgia! E isso tá me deixando maluco. Eu amo você. Não queria ficar todo gritão, mas é que eu tava feliz e / de repente parece que não conheço mais —

VI (*calma*) Eu te entendo.

MARK Porque se você tiver sido aprimorada —

VI Para.

MARK ... aí o neném.
Ela se move abruptamente, perambula pela casa.
Tira a poeira de uma prateleira com o dedo distraidamente.

VI O papai. Ehm. Sempre me deu bala de caramelo.

MARK (*sem entender*) Bala de caramelo?

VI Arrãm. Ehm. Enquanto a mamãe tava — no trabalho. Só eu e ele, no carro. Ele me dizia que se eu fosse boazinha, a gente ia comprar bala de caramelo. Porque tinha uns exames.
Ele olha para cima.
Acho que uns exames de sangue.

MARK Certo.

VI Pra um pequeno implante.
Ele fica agitado.

MARK Como é que eu ainda posso confiar em você? Pronto. Você sabia.

VI Para com isso —

MARK Parar com isso?

VI Como se —

MARK Eu tenho que —

VI Tá me atacando —

MARK (*levantando a voz*) É que eu te amo, docinho.

VI Mark, você tá se passando —

MARK Tô com medo — muito medo — e se tudo isso for uma mentira? E se nada disso for real? A nossa vida gostosa, as nossas decisões, nosso filho, nosso filho, você — você é uma mentirosa?
Ele chuta um dos vasos de plantas de VI. O barulho assusta os dois.
Ela o encara.
Ela ajeita a planta de volta.
Ele olha para ela, surpreso.
Ela começa a desmantelar a jardineira, desmonta-a toda.

VI Nada disso é "real", é? Bando de merda sintética. Eu odeio este lugar, parece um caixão! Você ia querer cuidar de uma criança aqui? *Casinha de campo casinha de campo de* merda. Consegue sentir o cheiro disto? É bom? Orgânico? Ai, que gostoso — "tão cheirosas quanto as plantas de verdade", foi o que você falou! Relvastro e Grama-Fácil[2] —
Ela rasga uma planta e a segura mostrando para ele.
Isso é uma begônia!
Cheia de ira, ela sacode a planta na cara de MARK.

[2] Ambas são marcas de grama sintética. No original, respectivamente: "*Astroturf and Easigrass*". [Esta e as demais notas são da tradutora.]

Parece uma capuchinha.
Mas é uma BEGÔNIA.
Essa merda tá toda trocada!
Que que adianta vir pra cá se eles não conseguem nem fazer as flores artificiais direito! Mas você ADORA este lugar — rústico chique — É a porra de uma BEGÔNIA, seu BABACA DE MERDA!
Silêncio.
Ela se dá um tempo, esperando a frustração se esvair, e deixa a begônia cair.
Ele dá as costas para ela.
Ela se recompõe.
Desculpa.
Sem muita vontade, ela ajeita a begônia de volta em seu vaso.
Ela se inclina para baixo e, de joelhos, varre a bagunça com as próprias mãos.

MARK Que nojo.
Você faria sexo com um desses?
Ela para.

VI Não.

MARK Moraria com um?

VI Mark.

MARK Conversaria com ele como se fosse uma pessoa *normal*?

VI Não é *a mesma* coisa, claro que eu não iria pra cama com um Acompanhante.
E nem *você* tá indo pra cama com uma por mais incrível que eu seja. Alguns pequenos aprimoramentos não transformam uma pessoa num robô de merda, seu cabeça de bagre.

MARK Que doente. Você chega pra mim com essa notícia, essa porra de notícia de última hora e acha que eu não vou ficar nem um pouco — tô um pouco mexido, na real — tô surtando aqui porque você não é a pessoa que eu — você disse que nunca tinha feito nenhuma intervenção cirúrgica, que só de pensar nisso você tinha "vontade de vomitar" — você foi comigo nos *protestos*, Vi.

VI Tô ligada.

MARK Todos aqueles protestos antitecnologia.

VI (*rindo*) E aqueles chapéus horrorosos que você usava —

MARK Isso não tem nada de engraçado.

VI Não, você tá certo — mas / é que tinha um muito horrível —

MARK Violet, você me ajudou a encontrar este lugar e —

VI Muito comédia —

MARK ... veio pra cá junto comigo pra ficar longe daquilo tudo.

VI ... com a cabecinha toda encarapuçada.
Ele vai até ela.
Passa a mão no cabelo de VI.
Ela sorri para ele.
Ele puxa o cabelo de VI com força. Ela arqueja.
Ela o empurra com delicadeza.
Ele se afasta, deixando um espaço entre os dois.
Ele faz um gesto: o som de pássaros para.

MARK Vou dar uma caminhada.
Pausa.
Quero confiar em você.
Não acho que —
Ela assente com a cabeça.
Eu não poderia.
Sei que tem gente que — que toleraria, talvez. Que falaria, talvez falasse.
Que reagiria de um jeito diferente.
Mas a gente consegue fazer melhor do que isso.

VI Eu entendo.
Mas. A nossa família. / O nosso bebê.

MARK Para.

VI Nosso bebê, Mark —

MARK "Um" bebê.

VI (*em choque*) Nosso bebê.

MARK “Um” bebê.

VI Para, Mark.

MARK “Um” bebê que pode ser

VI Mas não é

MARK ... híbrido.
Uma coisa.
Híbrida.
De merda.
Nascido de uma coisa com *aquilo* dentro.
Pedaços de tecnologia. Máquina. Coisa morta.
Repugnante.
Você tá zoando com a minha cabeça, Vi.

VI Desculpa.

MARK Tudo bem.

VI Desculpa. Mas. A gente saberia. / A gente saberia se eu fosse daquele jeito —

MARK (*gritando*) Você não saberia. Como que a gente descobre sem — você tem que fazer uma ressonância pra eu poder saber o que você é, pra eu saber se não tô com um.
Eles vão te fichar por Desacato à Carne.[3]
Eles podem traçar o seu perfil a qualquer hora.

[3] “*Contempt of the Flesh*”, uma lei que faz parte do contexto social em que os personagens estão inseridos.

VI Confia em mim.

MARK Não consigo. Eu *confiava*, mas. Beleza, não é culpa sua, você era só uma criança — mas. É uma doença, zoa com o feto. Que tipo de mãe aprimora a própria filha?

VI (*explodindo*) Milhares! Milhões de mães pra quem venderam isso — o melhor cuidado biomédico!

MARK Para!

VI Os *melhores* cosméticos — ela fez o que todo mundo tava fazendo. Você ficaria só parado assistindo enquanto via outras crianças cheias de oportunidades melhores?
Ele meneia a cabeça.
Você *conseguiria* entender. Mas você — você só leva a sério as coisas que já estão na sua cabeça — parece que eu tô falando com a porra de uma parede. A gente precisa é botar tudo isso pra fora.

MARK Hum, e como você faz pra entender?

VI Eu ainda tenho *curiosidade*. Ainda quero saber o que as outras pessoas *pensam, sentem*.
Ela está ansiosa.
Quando foi a última vez que você deu atenção pros seus preciosos livros?
MARK parece desdenhar de VI.
Ela vai até a prateleira, pega um livro.

(*Sente o livro.*) Meu amor. Estes aqui não foram bancados por patrocínio — eles podem me levar pra lugares que eu nunca conseguiria ver na nuvem. Eu sei — eu sei que isso parece tolo — mas —
As coisas não foram sempre desse modo e nem faz tanto tempo assim. E eu acho — acho que no futuro as coisas vão mudar de novo, e as pessoas vão rir de nós e vão achar que somos idiotas.
Somos só um bando de neurônios esparramados por aí, Mark, não temos nada de especial. As pessoas cometem erros, morrem. Somos só esperma e carbono.
Ela segura um livro rente à orelha.
Pode repetir?
Finge que está escutando.
Os livros concordam.

MARK Incrívelpracaralho.
Ela põe o livro de volta na prateleira.

VI As *pessoas* daqui — ui, os bailes dos moradores das *casas de campo*. Isso é uma ilusão. Não se pode escapar da tecnologia.

MARK Claro — das coisas *externas* —, mas você pode evitar a implantação dessas coisas *dentro* de você! Por que isso é engraçado? Por que isso é engraçado?

VI Você é tipo um vegetariano que usa sapatos de couro.

MARK Não, não sou.

VI Você *é sim* — você foi nos protestos contra os Acompanhantes, encheu as pessoas de medo pra banir *qualquer tipo* de aprimoramento.

MARK "Abaixo a tecnologia dura em corpos tenros."

VI Aparelho nos dentes, óculos, vacinas — a gente sempre fez aprimoramentos —

MARK Por necessidades médicas

VI Sim.

MARK Mas não pra se emperiquitar.

VI Meu querido, *não é a mesma coisa* que os Acompanhantes!

MARK Não que um exclua o outro.

VI Você está obcecado!

MARK Mais um pouquinho de intervenções e você vira um robô sexual.

VI Para —
(*Risada involuntária.*)
Tá certo —
Veja só esta humana: olá. Sou humana, mas tenho um buraco no meu coração, um rim zoado e sei lá mais o quê, então vou receber um implantezinho e vou ficar zerada. Olá. OLÁ.

MARK Oi.

VI Sim, sou humana. Beleza? Com uns retoques aqui e ali.

MARK Isso não é —

VI Entra na onda comigo.

MARK Vamos lá.

VI Então vamos lá: "Olá. Sou uma Acompanhante: sou um monte de tecnologia. Sou uma torradeira de bosta com upgrades. É claro. Sou o r2d2 daquele pobre coitado. Eu faço companhia pra homens solitários". Não é isso? Um humano aprimorado continua sendo *humano*, nada a ver com uma máquina.

MARK As pessoas começaram a se apegar. A transar com aquelas *coisas*. Começaram a dar —

VI Nomes? Eu dei um nome pro meu vibrador —

MARK Fizeram elas —

VI Mark —

MARK Teve uma marcha pelo casamento com Acompanhantes!

VI Mark. Era uma parcela minúscula de gente pirada. Tem mais operador de Acompanhante do que gente querendo se casar com uma.

MARK Você deu nome pro seu vibrador?

VI Arnoldo.

MARK Puta merda, sério?

VI As Acompanhantes — sempre foram causa de conflito entre as pessoas — mas, assim, elas sempre existiram — por exemplo, o que é uma boneca inflável se não uma Acompanhante sem placa-mãe? Cada macaco no seu galho[4] — a história dos homens que trepam com coisas é longa e rica. Acho que não vale a pena se incomodar tanto com isso.

Pausa.

MARK Isso vai contra tudo o que a gente —

VI Eu sei.

E *sinto muito* — por ser a causa de tudo isso.

Pausa.

É que. Não importa a quantas intervenções eu tenha me submetido, eu não sou aquilo.

Pausa.

Pode ser que esteja tudo tranquilo, só que.

Não sei quem viu a autorização. Por inteiro.

[4] No original, "*Each to their own*". Acho que uma boa equivalência para essa expressão seria "cada louco com a sua loucura" ou "cada louco tem suas manias". No entanto, ciente de que assim talvez a fala de Vi soasse moralista na tradução ao pensar na camada literal da expressão, optei por "cada macaco no seu galho", ou seja, cada um deve se preocupar apenas com aquilo que lhe diz respeito, pois Vi não é moralista. Alternativamente, poderia ser ainda "cada um na sua".

MARK (*friamente*) Você disse. Que não foi nada.

VI Sim. Com certeza.
Não. Se for pra ser honesta.
MARK arregala os olhos.

MARK Por favor — sim — seja honesta.
Ele segura a mão de VI. Com firmeza. Com medo.

VI Sabia que mamãe usava uma muleta quando eu era pequena?

MARK (*controlando-se*) Hummm?

VI É. Aí depois não precisou mais. (*Faz um gesto como se tudo tivesse ocorrido num passe de mágica.*)
Marca-passo também. E outras coisas. Só uma bombinha de plástico pro coração, Mark.
É.
Cirurgia a laser nos olhos.
Implante coclear.
Dentadura.
Prótese, em seus últimos anos de vida, que Deus a tenha, uma linda perna biônica.
Quadril novinho em folha.
Uma bomba pro coração. Branca. Brilhante. De plástico.
É isso aí.
Toneladas de remédios. Estatina. Varfarina, e por aí vai, ela mastigava os comprimidos.

Era terapêutico até certo ponto, mas ela perdeu as rédeas. Pegou o vírus. Perdeu a outra perna, meu Jesus, ela parecia a Mulher Biônica correndo pra pegar o ônibus. Sempre atrás das últimas novidades — e você nunca entendeu porque eu nunca virei pra você e falei: "Chega aí pra conhecer a minha mãe, Mark". E ela fazia um bolo de framboesa ridiculamente gostoso.

MARK (*incrédulo, nauseado*) Que coisa horrível.

VI Preocupado de ela jogar um raio laser em você com os seus superolhos?

MARK ela não tinha um coração de verdade —

VI não. Cala a boca / pelo menos uma vez —

MARK O que sobrou dela mesma?

VI Ela foi uma pioneira — a medicina só consegue fazer o que faz hoje em dia por conta de pessoas como a minha mãe. A gente *precisava* de deficiências, guerras veterinárias — pra tecnologia avançar. Hoje em dia não existem mais pessoas deficientes. A minha mãe não existiria. Se não tivéssemos "consertado" essas pessoas, elas simplesmente estariam fora do jogo mesmo antes de nascerem; era só escolher outros genes —

MARK Olha, eu concordo que não se deveria "escolher outros genes" —

VI Que bom!

MARK É por isso que *a gente* está fazendo uma Reprodução Natural.[5] *Nada* de seleção.
VI leva a mão ao ventre distraidamente.
Respira.
Eles tiveram que — Olha.
Olha.
As pessoas queriam ter a possibilidade de escolha plena.
Isso é eugenia.

VI Exato.

MARK Se a gente permitir — Vi — as pessoas — a sua mãe — queriam poder *escolher* — você desescolheria o *nosso* bebê? Você não pode aprimorar cada milímetro do seu corpo e depois desescolher o seu filho porque ele não é "super" o bastante —

VI aaah eu sei — eu consigo pensar sozinha, sei que é chocante, mas eu consigo.

MARK Isso é como criar — uma, uma raça superior de, isso é, é um holocausto de pessoas *normais*, Violet.

VI Talvez você não seja "normal".
Você é só *comum*.
Marquinho, Mark SEM SAL.

[5] "Reprodução Natural" em maiúsculas iniciais por se tratar de um processo que se tornou estranho no contexto distópico da peça.

MARK Opa, calma lá!

VI Seus pais ficaram ricos vendendo tecnologia pra pessoas como nós — e agora querem se livrar da gente? — como se a gente fosse inferior, como se a gente não fosse “normal”? Uma sub-raça?

MARK É por isso que nós dois nos tornamos radicais! É por isso que a gente está aqui agora! Por isso que tem que ter uma censura completa! Eu sei, sei que é confuso, mas
Querida —
Pessoas normais —
Consumidores —
Vocês podiam comprar e vender qualquer coisa a ponto de...
Ele se aproxima dela, intenso, apaixonado.
As pessoas estavam, elas estavam perdendo completamente a noção de — *escolhendo* aprimorar membros.
Amputação.
As pessoas estavam *pedindo* para ser amputadas —
Porque (*buscando uma palavra adequada*) elas *podiam.*
Loucura. Total — fazendo isso em órgãos perfeitamente funcionais, sem defeitos.
Por puro modismo!
E o *dinheiro* envolvido nisso! Deus do céu.
Viva mais, corra mais rápido, conecte-se, e todos os outros slogans “mais natural do que a natureza” e o caralho a quatro. Não sobrou nada de algumas pessoas — elas desapareceram. Elas viraram tecnologias ambulantes!

Estamos juntos, do mesmo lado.
Detesto dizer isso —

VI Então não diz —

MARK Sei que não vai soar bem, mas. Os deficientes fizeram parte desse progresso — para o desaparecimento deles mesmos.
Ela avança para cima dele.
Erra a mira.
Tenta de novo. Mas ele a agarra pelos punhos.
Ela não resiste.
Ele se aproxima dela.
Inala o seu cheiro. Fica imóvel.
Você já me contou tudo o que tinha pra contar?
Ela olha em seus olhos. Dispersa o olhar. Assente com a cabeça.
Tá certo.
Com olhos, ele busca o olhar de VI.
Você me assustou.
Eu achei — achei que você tava me dizendo que você — não é completamente — completamente —
Ele aninha sua cabeça em VI. Mas ela está irritada.
Finalmente, ela cede.
Ele se afunda em seu colo, suspira, sorve-a.
Ela o abraça.

VI (*com dificuldade*) Tá tudo bem.
Ela o nina.
Faz carinho em seu cabelo.
Ficam assim por alguns instantes.

Tá tudo bem, Mark Marquito.

Ela faz um comando: uma música pop dos anos 1990 começa a tocar em volume baixo.

MARK Sério mesmo?

VI É reconfortante.

Pausa breve.

MARK Era pra gente ser uma espécie em evolução.

VI Me deixa curtir, deixa.

Ela o acaricia, cantarola com os lábios fechados, dançando devagar junto com a música.

Tá cansadinho?

MARK (*suavemente.*) Humm.

VI Não tem conseguido dormir?

MARK O de sempre.

Pausa.

Pesadelos.

VI Arrãm.

Ela assente com a cabeça, continua fazendo carinho nele.

MARK Eu tô dentro de um prédio, olhando.

VI Ah sei, me lembro desse sonho.

Ele respira.

MARK Vou até o saguão de entrada, ou sei lá. É um sonho que eu tinha quando era pequeno, só que hum —

VI Hum.
Pausa.

MARK Nunca te contei o que acontece depois — Mas já que você me contou tudo...
Apesar dos seus temores, ele precisa contar para ela.
Ela se vira e é — não é você, mas.
Sei que não vai fazer diferença porque ninguém vai saber se eu só.
Deixar.
Não tem ninguém no prédio. Ela hum se aproxima e — eu deixo — hum e eu.
Ela me toca. Fica me tocando... ela me vira por trás e... — é meio nojento — hum eu. Eu tô respirando e aí ela fica respirando em cima de mim, o gosto é estranho e, é que, a minha cabeça, eu fico meio zonzo — fico encanado de alguém estar me vendo, mas eu não consigo *parar* — só eu e essa coisa, se empurrando, por trás, pra dentro... — fazendo força, eu sei que ela é uma — uma *daquelas* — mas é que ela me pega de um jeito, de um jeito tão forte que eu quase gozo e aí... eu acordo.
De pau duro.
Sabe como é?
Só um sonho.
Não é?
Hum.

A mão de VI vai em direção ao colo de MARK. Ela sente compaixão por ele. Ele a empurra para longe. Ela bufa. Ele olha para ela, indefeso.

VI Sabe o que é mais esquisito? Você. Você *querer trepar* com um deles — Com um pau-robô duro e grande —

MARK Violet!

VI Fica criando esses mundos idealizados na sua cabeça — mas lá no seu mais profundo.
Você é um fascistinha às vezes, Mark.
Ela se levanta, desvencilhando-se dele.

MARK Vi!
Ela vai até a cozinha.
Violet?
Ele a observa.
Ela pega uma torradeira, que tem traços que, de certo modo, assemelham-se a um rosto.
Ela volta com a torradeira.
Leva a torradeira até bem perto do rosto de MARK.
Ele encara VI com desconfiança.

VI Beija isto.

MARK Quê?

VI Beija isto. Beija a torradeira. De língua. Faz as preliminares nos seus fiozinhos elétricos.

Olha pra carinha dela.

MARK Deixa de ser tão

VI Como você sabe que ela não te ama?

MARK (*friamente*) A torradeira não tem sentimentos.

VI Ai, que grosso, eu poderia dizer a mesma coisa sobre você.

MARK O quê —? Eu dificilmente — com uma torradeira.
Ela derruba a torradeira.
Encaminha-se para a saída.
(*Sentindo-se rancoroso.*) Eu posso anular[6] os seus aprimoramentos.
Ela olha para cima com determinação.

VI (*com desconfiança*) Quê?
Os dois se encaram firmemente.
Pausa longa.

MARK Ninguém precisa saber.
VI encara MARK resolutamente.

VI O que você quer dizer com isso?

6 No original, "*override*", que na peça tem múltiplos significados. Aqui, tem o sentido de "desfazer" ou "anular", mas também pode significar, em diferentes contextos, "ativação do Controle Manual". Com a ativação do Controle Manual, os circuitos de Vi não mais funcionariam de maneira autônoma. Ela passaria a ser operada manualmente por um Administrador, outro ser humano.

MARK Acho que tenho os códigos — hum — pra cancelar qualquer tipo de operação interna.

VI (*com cuidado*) Você consegue anular os meus circuitos?

MARK Provavelmente.

VI Provavelmente?

MARK Sim.
Pausa longa.

VI (*irritada*) Como? Mark.

MARK É só a gente fazer isso por debaixo dos panos. / Ilegalmente.

VI Como — Por que você faria — por que você tem isso aqui?

MARK Fazia parte do raio X — quando a gente se mudou pra cá — quando a gente passou pela segurança — a gente tinha que devolver, mas —
Ele para dando-se conta de algo novo.
Você não passou pelo raio X.

VI *consente com a cabeça.*
Ele absorve a informação.

VI (*risada involuntária*) Mal posso expressar o alívio que isso me dá.

MARK Não.

VI Tudo encaixotado e você me enchendo o saco com essa coisa de segurança, dando uma de administradorzinho porque você achou que eu não fosse entender, e eu sou, eu posso / te digo agora que —

MARK (Não — Violet, isso é sério.)

VI Tô rindo aqui por dentro. Eu só pensava comigo mesma: o que os olhos não veem o coração não sente. Aí quando você veio com a história do raio X, pensei, já era. Perdeu o jogo, o chefão te pegou, Violet. E aí você descobriria tudo. Tudo o que tem em mim.
Fiquei de cara com a sorte que eu dei.
Ela deixa o braço erguido.
Gira-o de um jeito em que nenhum braço humano poderia ser girado.
Nanotecnologia! Urru!
Ela gira o braço e as superfícies digitais da sala giram como um caleidoscópio.
Interface direta! (*Ao som de "Dem Bones", de James Weldon Johnson.*) "Os cabos 'M' estão conectados ao córtex motor e o / córtex motor —"[7]
MARK avança sobre VI. Ele está abismado e a segura, paralisando-a.

[7] Trata-se de uma música evangélica, cuja letra, resumidamente, fala sobre os modos como as partes do corpo estão conectadas para ouvir a palavra de Deus. Violet canta uma versão própria, de forma irônica, retratando o seu próprio corpo. Por esse motivo, a tradução da letra funciona aqui. Em cena, ela cantaria a sua própria versão justaposta ao som da música com as letras originais.

O cômodo volta a ficar como antes.

MARK (*perdendo a cabeça*) para, para, para.

VI ... "conectado aos eletrodos —"

MARK o que é isso? Deixa eu anular esse comando.

VI Não.

MARK Você está com medo de quê?

VI De você!

MARK O quê?

VI Preciso pensar.

MARK Mas se você me ama —

VI Amo sim.

MARK Alguma parte disso é autossustentável?
Silêncio.
Alguma. Parte disso é autossustentável? (*Com dificuldade.*)
Você é dependente?
Você passou por algum procedimento — tem alguma coisa rodando dentro de você neste instante que você não possa viver sem?

VI (*mente*) Não.

MARK A nossa higiene. A *saúde* do nosso bebê.

VI Mas —

MARK Por favor. Isso vai embora. Isso vai desligar, nunca vai aparecer no raio X e a gente nunca mais vai precisar falar sobre isso.

VI Mas eu posso viver com isso. Assim tem sido.

MARK Mas eu não consigo, Violet.
Pausa.

VI A gente tava bem.
Continuo sendo a mesma pessoa que você amava.

MARK Mas agora eu sei.
Pausa breve.
Isso vai fazer o que estiver rodando dentro de você parar.
Daí eu consigo tirar as peças que sobrarem depois.
Ela se retrai.
MARK decide ignorar o medo que percebe em VI. Está dominado pelo seu plano e encara o braço de VI.
O braço — vamos dar um jeito nisso.

VI Mas aí eu vou ficar com um braço só.

MARK Mas no fim das contas...
Pausa breve.

VI Babaca.

Pausa breve.

MARK Você *amputou* o braço.

VI Eu *aprimorei* meu braço.
Pausa breve.
É tão lindo aqui.
Apesar do problema com a begônia.
Tô tricotando sapatinhos.
Você acha que robôs tricotariam sapatinhos pros seus filhinhos? Androides sonham com lasanhas?

MARK (*retrucando*) Olha só. A gente está feliz. A gente está bem.

VI A gente está tranquilo.

MARK A gente está tranquilo. E eu quero que a gente fique legal — que a gente continue assim.

VI Até — o quê, pra sempre?

MARK Até a gente morrer aqui. Isso. Juntos.
Ela consente.
Não posso te perder, não posso, seria o meu fim.
Ninguém vai saber, a gente se livra da tal autorização, dá um jeito, e aí a gente volta a ser perfeito.

VI "Perfeito."
Carinhosamente, MARK segura o rosto de VI com as mãos.
Mas não consegue beijá-la.

Ela aparenta estar triste.
Me beijar seria como beijar uma torradeira. Teria algum problema? Se ela dissesse que te amava?
Eles se encaram.
Quem é você pra dizer que ela não te ama?
Ela sai.
Ele espera até ela sumir de vista.
Ele pisoteia as plantas de VI.
Ele gira seu anel de noivado.
Ele gesticula impulsivamente.

MARK (*dando o comando*) Ativar o Controle Manual.
Um pequeno clarão.

VOZ CONTROLE MANUAL ATIVADO.

Ele libera o ar dos pulmões, expira.
Ela está em pé, na soleira da porta. Ela o encara com firmeza, em choque.
Ela passa a mão na frente do próprio olho, faz um teste. Percebe que os dedos da mão não se mexem. Tenta mexê-los. Nada.
Ele sorri um pouco, tentando encorajá-la. Eles se olham longamente.

VI Você acabou de ativar...?
Ele consente.
Mas. Não te dei permissão pra isso.

MARK Eu sou o Administrador.

Ela cobre os olhos com a mão por alguns instantes.
Por fim, vai até ele, como se fosse um fantasma. Ele sorri mais um pouco. Eles se abraçam.
Tô olhando nos seus olhos, tá vendo?
Ela escorrega em direção ao chão ao lado de MARK. Descansa a cabeça sobre o joelho dele. Acaricia o próprio ventre.
É noite.
Ele está contente, aliviado.
Ele gesticula. O som de canto de pássaros volta a tocar.
Ele gesticula. Som de cigarras.

VI Eu menti pra você.

MARK (*luz forte*) Tem mais? Não dá pra esperar até amanhã de manhã?

VI Não precisei ler a autorização.
Eu meio que já sabia o que tava escrito lá.
Ele sente-se assustado. Abraça VI mais apertado.

MARK (*suavemente*) Você poderia. Deixa pra me contar sobre isso amanhã de manhã, minha querida?

Segunda parte

TECNOSE

Noite. Algumas semanas depois.

A jardineira está arrumada e o vaso suspenso, pendurado.

O local tem uma aparência aconchegante, perfeita. Uma música clássica toca suavemente.

A porta se abre de supetão. As luzes se acendem automaticamente. VI cruza a porta cambaleando. Está suando, tem aparência pálida. Ela cai estatelada no chão.

MARK chega ao patamar mais baixo da escada; usa seu calção de pijama. Ele corre até VI. Ajoelha-se.

MARK Que foi? Ei.

VI grunhe. MARK a ajuda a se levantar.

Ajuda-a a chegar até o sofá, um trecho curto. Deita-a.

Ele gesticula para a música parar.

(*Apavorado.*) Onde você tava, meu docinho?

Ele corre até a pia. Enche um copo com água. Pega um pano de prato limpo.

Ele volta para perto dela. Coloca o copo com água no chão. Usa-o para umedecer o pano.

Ei.

Prepara uma compressa para colocar na testa de VI, mas percebe que há sangue. Toca o sangue, horrorizado.

Não.

Pausa longa.

VI pega um sapatinho de bebê de tricô e o coloca em seus dedos como se fosse um dedoche. O dedoche olha para ela e depois para ele.

VI (*dedoche*) "Parto natural", né?
Desilusão. Ele cobre o próprio rosto.
Ela deixa o sapatinho cair.
Ele esfrega os olhos.
Ela sorri para ele em busca de apoio.

MARK É.
Ela geme.
Ele encontra a mão dela e a segura.
Ela inspira e expira. Não apresenta lucidez.

VI Tá orgulhoso?

MARK Não tô entendendo nada.

VI Você tava certo.

MARK Não, você precisa — de um médico, você — você abortou, querida.

VI Me desculpa. Me desculpa.

MARK Sshh, sshh...
Ele afaga a mão de VI.
Ela se acalma.

*

Na sala de estar. Semanas se passaram. Ele está desaprumado, com cara de quem não sai dos pijamas há um bom tempo. Ele lê um livro, ou melhor, tenta ler um livro. Está inquieto. Ele muda a página de uma forma automática.
Percebe que cometeu um erro.
Vira a página adequadamente.
Ela entra. Está usando um robe.
Não parece bem.
Um de seus braços se deteriorou.
É um braço biônico.
As partes mecânicas estão aparentes.
A carne sintética se deteriorou.
Ela se levanta fumando um cigarro de palha na entrada da porta e o observa.

MARK (*na defensiva*) Quê?

VI Nada não.
Ela expira com as sobrancelhas arqueadas.
(*Educadamente.*) Não quero te interromper.

MARK Não, eu tava.
É...

VI Continua.
Ele arrasta os pés, nervoso.

MARK É que eu não consigo fazer nada com você olhando.

Ele fecha o livro.

VI Você tá uma piada. Com essa carinha toda enrugadinha — (*Faz o próprio rosto ficar todo enrugado enquanto finge estar compenetrada.*)

MARK Você ia gostar de viver para sempre? Se você pudesse?
VI prefere não responder. Sorve um trago longo cheio de luxúria.
Bom, *você* tá ridícula.

VI Posso apagar, sem galho. Qual é a sua?
Ele sorri. Ela apaga o cigarro.
Levei uma década pra enrolar essa coisa.
Ela cruza a sala e senta, com expectativa.
Faz uma massagem no meu ombro? Tá doendo.
Vai.

MARK Ah, mas —
Ele brinca com o livro.
Eu tenho que ehm.
... ahm.

VI Resolve isso de uma vez!

MARK Não gosto de tocar nele.

VI Seja forte!

MARK É esquisito!

VI Você é esquisito!

MARK Não basta eu ter que olhar pra essa coisa?

VI Que grosso. Você me machuca desse jeito.
Por meio de gestos, VI pede para que ele vá até ela. Ele vai. Ele encontra uma posição por trás dela que é confortável.
O que você tá lendo?

MARK Nada.

VI Tá legal?

MARK É sobre, ehm, lidar com a perda.

VI Ah.
Ela encosta a cabeça em MARK, está cansada. Fecha os olhos.

MARK Como você tá se sentindo?
Ele começa a massagear o seu ombro funcional.

VI (*aliviada*) Ai, isso é bom.

MARK Você... tá bem?

VI Eu tô em processo de deterioração, Mark. Não tô cem por cento.

MARK Ehm — você tem feito os seus registros?

VI Hummmm-arrãm.

VI o observa pela córnea de um dos olhos.

MARK Hum. Que engraçado. Eu dei uma olhada, é que nenhum dos sintomas dessa semana foi preenchido. Mas aí de repente — todos foram preenchidos.

VI Olha só.

MARK Vi, se você não preencher os registros direito, não vou conseguir te ajudar.

VI Ai, que papo chato.
Ele suspira.
Pode me dizer o que tá pegando?

MARK Além *disso*? (*O braço de VI.*)
Ele massageia seu ombro com movimentos cautelosos até chegar ao seu braço biônico. Ele tenta desmanchar um de seus nódulos musculares.
Um pedaço da pele de VI cai sobre a mão de MARK. Ele encara o pedaço de pele.
Ui.
Ui.

VI Aprende a ser homem, cara.
Ele se livra do pedaço de pele. Joga-o atrás de uma cadeira ou algo do tipo. Ela está alheia.

MARK Ele não podia ter se degenerado tão rápido.

VI O que você tinha na cabeça?

Outro pedaço cai.

MARK Ui, que nojo! Não era pra pele protética durar mais tempo?

VI Vidatech®. É só puxar o plugue e a pele começa a morrer.

Por um instante, ele parece prestes a retrucar, mas, em vez disso, continua a massageá-la.

Obrigada.

Ele continua empenhado, mesmo que relutante num primeiro momento. Mas começa a sentir-se mais à vontade com a tarefa, como alguém que começa a relaxar numa banheira com água quente.

Tô preocupada com você.

MARK Não, eu que tô preocupado com *você.*

VI Bom, eu tô preocupada com *você,* benzinho.

MARK Bom, não precisa. (*Brusco.*) Acordei hoje de manhã, aquele dia de sol com uma brisa gostosa e daí fui dar uma corrida, sabe. Ali onde tem as samambaias. Caminho de sempre. Dei oi pra algumas pessoas que tavam passando pela trilha. O Russell tava por lá com o cachorro, o Biscoitinho, uma mistura de shitzu — meio enxerido o Russell. Disse pra ele que você tava fora — tinha viajado... — tomei um banho, fiz uma vitamina. Tudo isso antes de você acordar. Também li um pouco. Tô ficando bom nessa coisa de ler. Li um pouco porque eu não consegui de fato — é por isso que saí pra uma corrida, na real — não dormi

direito. Tô meio fora do eixo, sabe. Tô com uma. Caverna enorme. Cheia de. Tristeza... eu...
Acho que eu tô...
Um pouco (*Faz caras e bocas.*) —

VI Constipado.

MARK ... deprimido. Aquilo era cara de deprimido.

VI Certo.

MARK Estava tendo uma.

VI Certo. Acho que isso é bom pra você. Normal. Acho que tá tudo certo.

MARK Humm.

VI Desde que você não esteja. Quer dizer.
Quer dizer —
Você não faria isso *mesmo* —
Faria?
Uma coisa idiota. Não me deixaria...
Ele dá um beijinho em sua cabeça.
Ela está operando em seu limite neste momento e se sente irritada.
Bobinho.
A gente é só um bando de neurônios esparramados por aí. Máquinas biológicas. Bem. Isso sempre me deu algum conforto.

Se *você* começasse a falar sobre (*Manca.*) "almas" e coisas do tipo, sei lá, vindo de você
Me dá uma agonia.
Mas eu entendo a questão: você quer viver para sempre.
Ele para de massageá-la.

MARK Não quero. Já quis, acho. Uma vez.
Isso é mais por você.
Quero que você viva.

VI *não responde.*
Ela mesma retoma a massagem.

VI Tão — irritante.

MARK Para.

VI Deixa eu —

MARK Para.

VI Deixa comigo.

MARK Para! Você vai —

VI Deixa comigo.

MARK Você tá quebrando o — o —

VI É o meu corpo.

Com um clique e um suspiro de alívio, VI simplesmente remove seu membro por completo. Ele sai com facilidade, um desencaixe perfeito.
VI examina-o brevemente, segurando-o com a outra mão.
Depois o coloca no chão.
Relaxa.
Ele assiste a tudo, incrédulo, com olhar intenso.
Tem ânsia de vômito.
Recompõe-se.

MARK Você teve prazer em fazer isso.

VI Deixa de ser tolo.

MARK Teve sim. Você é uma tortura. É uma exibicionista.
Ela não responde.
Ele se movimenta em volta dela de modo a ficar ao seu lado, bem perto.
Benzinho.

VI Quê?
Pausa breve.

MARK Me desculpa.

VI Para.

MARK Não, de verdade, me desculpa.
Me desculpa mesmo.

VI Não, querido. Por favor. A culpa não é de ninguém.
Ele lhe dá um abraço apertado. Dá uma empurradinha no membro descartado com o pé.
Ui.
Ela dá um tapinha nele, fazendo uma brincadeira.
Ele lhe dá espaço.
Ela recolhe o tricô com a mão remanescente. E se lembra.
Faz um "tsc-tsc" enquanto encara seu membro descartado com um olhar sinistro.
Larga o tricô.

MARK Fiquei um tempão conversando com meu pai, ali, na segunda.

VI Ah é? Disse pra ele que eu mandei um beijo?

MARK Disse.

VI Ele perguntou como eu estava?

MARK Perguntou.

VI E você contou?
Silêncio.

MARK Eu vou contar, é que —

VI Eu sei, tudo bem.

MARK Conversamos sobre algumas coisas.
MARK caminha lentamente de um lado para outro, inquieto.

Sobre como eles estão. O tempo. Eles têm um diamante-mandarim agora.

VI Um diamante-mandarim?

MARK Um bichinho de estimação. Alisson.

VI Quem?

MARK O mandarim.

VI O mandarim se chama Alisson?

MARK Arrãm.

VI Por que eles não adotaram um cachorro?

MARK Eles adotaram um passarinho!

VI Ah!

MARK Mas acho que ele percebeu alguma coisa estranha na minha voz — sabe como é — coisa de pai, né? Como você sempre fala. Eu tava aquecendo os motores pra contar, mas aí — Ele mudou de assunto para falar da minha irmã —

VI Viva.

MARK ... pra falar sobre como ela está, os filhos e tal.

VI (*machucada.*) Um pouquinho insensível.
Sua mão vagueia até o ventre.

MARK Não, não foi — era mais pra encorajar a gente, mas — de um jeito indireto.
Sinto muito.
Ele a beija.
Eles se separam.

VI Mas você disse pra eles que eu tô melhor. Eu *estou bem.* Não é pra se preocupar. Certo?
Ele não responde.
Tá a fim de comer o que pro / jantar?

MARK Ele disse que a mamãe estava torcendo. Eles sabem como é difícil pra gente porque — Como foi incrível que eu nasci. Eles têm muito orgulho porque *eles mesmos* achavam que não conseguiriam ter filhos e aí tiveram dois.
VI muda de posição.

VI O seu pai disse isso?

MARK Arrãm. Assim, de repente. Falou assim do nada no meio de um assunto que não tinha nada a ver. Estava tentando se lembrar do penteado de alguém. De um vídeo caseiro. Do cabelo da mamãe, comprido ou curto. Eles têm uma fissura por essas coisas. "Minha bunda tá grande? É porque eu transei com o vizinho." "Passa a batata, eu sou um assassino em série."

Um breve intervalo na conversa.

VI Eles achavam que não conseguiriam ter filhos?

MARK Aparentemente não.

VI Ah.

MARK Minha mãe tinha uns problemas.

VI ...

MARK Eles fizeram um tratamento.
Um intervalo longo na conversa.

VI Bem.

MARK É.
Pausa breve.

VI Cafezinho?

MARK Põe pra fora. Diz pra mim que você já tinha me falado isso.

VI Não, não quero. Não penso assim.

MARK Fala.

VI Não.

MARK Eu fui selecionado.

VI Eu sei.

MARK Eu fui selecionado. Num laboratório. E eles nunca conversaram comigo sobre isso.

VI Eles sabiam o que você achava dessas coisas.

MARK Mas como eles puderam —

VI Foi uma forma de te proteger.
MARK se contrai.

MARK Põe pra fora. Eu sei que você tá pensando, mas não tá falando.

VI É que.
Lá dentro. Bem lá no fundo. Você já sabia.

MARK De jeito nenhum.

VI Uma coisa freudiana, tipo assim.

MARK Não gosto do Freud.

VI Não, mas. Você odiava essa coisa. Você odeia essa coisa.

MARK E daí eu sou essa coisa.
MARK fica fora de si.
E eu te puni.

VI Não, você não me puniu —

MARK Puni sim —

VI Não era a sua intenção — você só tava cumprindo a lei.

MARK Merda puta merda caralho merda!

VI (*tentando ajudar.*) Porra porrinha?

MARK Não faz piada eu *fiz isso* com você.
Você começou a morrer —

VI (*corrigindo-o.*) A me deteriorar.

MARK *A morrer,* logo que eu ativei o Controle Manual.
Eu m-mate —
Eu ma—
É por isso que você perdeu.
É por isso...
(*Com dificuldade.*) O bebê —

VI Não.
Foi porque.
Não.
Uma pausa desconfortável.
(*Cuidadosamente.*) Eu perdi o bebê porque a gente não queria intervenções medicinais tecnológicas. Nada de hospital, nada de medicamentos. (*Rouca.*) Foi natural.

MARK inclina-se para baixo e faz um movimento de aperto de mãos com o membro biônico de VI.

MARK "Obrigado, Mark, obrigado!"

VI O que seus pais fizeram foi te dar uma recauchutada. De certa forma.

MARK Recauchutada!

VI É tipo te mandar pra uma escola particular de gente grã-fina, nada de mais.

MARK *Não,* eles queriam uma espécie de —

VI Eles te disseram que, pra ter você, fizeram fiv Ou sei lá / o quê.

MARK Argh! Compraram um bebê! Pode dizer com todas as letras, não precisa usar a sigla, soa tão bem! (*Faz das mãos um megafone.*) Diagnóstico! Genético! Pré-implantação! Biópsia embrionária! Que nem um bichinho fofinho dentro da sua boca. Inofensivo. Lindinho. Pipetas e outros aparatos tecnológicos. uhu! Eu sou um bebê de proveta!

VI (*dá de ombros*) Ninguém é puro.
Silêncio.

MARK (*suavemente.*) Como eu queria que as coisas fossem mais simples.

VI Não deixa as coisas mais difíceis. Tá tudo certo. Eu vou ficar bem. Por um tempinho ainda.

MARK Um — tempinho? *Você tá morrendo.* E é culpa —
Ela o encara.
Ele desvia o olhar.

VI É.
Eu te amo.

MARK Eu te amo tanto.
Eu
(*Engasga.*) Acionei o comando do / Controle Manual.

VI (*Assertiva.*) Põe uma coisa na sua cabeça: alguém ia me descobrir mais cedo ou mais tarde.

MARK Como você ainda tá aqui?

VI Não faço ideia.
Não sei o quanto de mim é o quê.
Tô consumida por isso.
Acho que tem a ver com os rins. Faria sentido.
Meu pai tinha.
Alguma coisa tá parando de funcionar agora.
Ou. Pode ser um problema de coração. Que foi o que a mamãe teve.
Os procedimentos foram feitos antes de eu ter idade suficiente pra... saber. Pois é.
Fora o braço.

Aquilo foi um capricho, coisa de adolescente.
O Superbraço250® — cara, todo mundo queria ter um.
É, o braço foi culpa minha. Sem noção. Que vergonha.
Minha mãe mandou consertar meu olho ruim, mas não tinha nada de muito tecnológico ali, visão vinte por vinte, nada de extraordinário. Então, eu tinha catorze anos, meu olho foi recolocado com um implante. Aqueles óculos que eu usava na faculdade eram só modinha, sabe, eu já tinha Superolhos naquela época: (*Com voz de dubladora de comercial.*) "Enxergue com olhos de águia." Na primeira vez em que te vi, você tava comendo um Prestígio a uns quatro quarteirões de onde eu tava. Aí tudo ficou meio caótico, as leis mudaram... Esconder foi a solução mais fácil.
Não era pra você saber.
Eu menti pra você, aos montes.
Deixava você carregar as compras. Todas as vezes. Que folgada, né? Eu podia carregar tudo com o meu mindinho.
Tadinho do Mark-Marquito.

MARK Eu não ligo mais pra isso. Eu tava errado. Eu estava errado e só quero uma coisa. Você, funcionando, seja lá o que isso signifique.

VI Como assim, mesmo se eu for um programa inteligente?

MARK Para de zoar.

VI Uma torradeira com um rosto?

MARK Sim.
Sim.
Eu acho, eu acho — que você é linda, de qualquer jeito.
(*Desesperado.*) Você podia procurar ajuda.
Ela olha para cima.
Alguém poderia, sei lá, "dar um jeito na gente".
Você tá se deteriorando / tão rápido. Tô assustado.

VI Mesmo? Você parecia tão limpinho, parecia estar tudo em ordem com você — olha só pra mim — você poderia transferir os seus dados num piscar de olhos. Não poderia? Põe a sua mente na nuvem e é só esperar que você alcançará a imortalidade. Quanta merda. "Limpo." Pela forma como você fala de higiene, podia virar "deus".
Você é que é o atrasadinho aqui.
Só consigo te dizer como eu *me sinto.*
Eu te amo.
Você me ama.
Sei que você tá angustiado, mas não precisa. Não deveria sequer me amar se eu tivesse um grãozinho de tecnologia em mim, mas você me ama igual. Presta atenção no seu instinto porque ele fala mais alto do que a sua cabeça, não é?
Diz pra mim que isso não é verdade.
Me fala como você *se sente.*
Me fala / como você *se sente.*

MARK (*desfazendo-se*) Fervendo. Um senso de urgência. Quero te agarrar — você todinha — desculpa, isso é um pouco —

VI (*encorajando-o*) Tudo bem —

MARK Tô falando o que tá na minha — o que eu *sinto* — eu queria — tirar você da minha cabeça do meu coração e deixar tudo limpo de novo, mas eu quero beijar, só é... me deitar ao seu lado, esquecer de tudo (*Aos pedaços.*) Eu quero ter outro filho e tomar sol ficar gordo andar por aí com o pinto pra fora com a barriga pra fora e rir porque isso é engraçado —

VI (*sorrindo*) Que poético!

MARK Para! Eu tô tentando —

VI Não, tá legal, eu tô gostando —

MARK E

VI E o quê?

MARK É que. Você é. Perfeita.
Em geral, eu detesto essas coisas.

VI (*afetuosamente*) Você é um idiota.

MARK Vi, meu coração tá doendo. Por sua causa.

VI E eu pensando que a gente tinha vindo pra uma espécie de oásis, um paraíso. Mas nada parece...
Ela olha para fora da janela.
Real.

Ela se vira para ele.
Eu não sou perfeita. Tô me sentindo uma merda. Tô me sentindo uma bela de uma merda.

MARK Eu não tava certo.

VI Nem eu.

MARK Será que a gente poderia ir pra algum lugar?

VI (*esperançosa*) Pra onde?

MARK Ir embora daqui?

VI Mas pra onde?

MARK Pra algum outro lugar.

VI A gente não ia poder voltar, Mark.

MARK E daí? Eu prefiro tentar.

VI (*sua esperança aumenta*) Você faria isso?

MARK Sim!

VI Você iria embora?

MARK Sim.

VI Mesmo?

MARK Talvez.

Pausa breve.

VI "Talvez".

MARK É, talvez.

VI Tá bem.

Pausa breve.

MARK Acho que sim.

Ela o observa.

Ele não parece ter tanta certeza do que disse. Está angustiado.

Mas, ah, como queria poder ir embora.

É. Talvez. Logo, logo.

(*Sentindo-se pequeno.*) Tudo mudou tão rápido...

VI É...

Sua esperança se esvai. Tudo isso é demais para ele.

Tá tudo bem, querido. Vem cá.

Ele vai até ela.

Shhhh. Tá tudo bem.

Abraça-o. Faz um carinho nele.

MARK Desculpa.

VI Shhh, shhhh, shhhh...

MARK A gente entendeu tudo errado.

VI Não se preocupa.

MARK Mas ele morreu.

VI É, eu sei.

MARK Nosso homenzinho.
Eles se abraçam.
Ela beija a cabeça dele.
Acalenta-o. Cantarola para ele. Toca alguma música incongruente com a situação, dos anos 1990.

*

MARK Quer que eu coloque a sua música pra tocar?

VI Não precisa.

MARK Ah, vamos lá.

VI Sério mesmo? Aahn... Te acho bem mais legal agonizando e cheio de culpa.
Ele gesticula. A música de VI toca.
Em alguns instantes, ela começa a dançar.

MARK O que você tá fazendo?

VI Uma dancinha de robô.

MARK Quê?

MARK *se irrita.*

Ela ri.

VI Encontrei essa música no acervo da bbc que era da minha mãe. Tocava direto nas boates e tal. Daquela época. Tá curtindo a minha ginga?

MARK Isso não tem graça.

VI Ah, tem um pouco sim.

MARK É doentio.

VI As coisas doentias são as mais engraçadas de todas.

Por fim, ele cede e começa a gargalhar. Mesmo sem vontade, MARK ri.

Ela vira de costas para ele e esconde o choro.

*

VI tornou-se uma espécie de Concentrador usb com um transmissor de voz.

Seus componentes biônicos e não degradáveis, cabos e hardware internos ainda estão conectados. Esses elementos estão dispostos do mesmo modo como se estivessem ainda dentro do seu corpo. O robe de VI cobre o que restou dela.

MARK está muito mais despojado que antes, com uma aparência desgrenhada.

Os livros estão por toda a parte. Ele está lendo para VI e tentando fumar um cigarro de palha.

Ele tartamudeia.

VI Mark.
Mark.

MARK Ãhn?

VI Tá a fim de trepar?
Pausa breve.

MARK Ãaaaaam.
Alguns instantes de silêncio.

MARK *brinca com uma das pontas da capa do livro e, ansiosamente, passa o dedo por um dos cantos pontudos.*

VI Por favor.

MARK Acho que não.
Silêncio.

VI Por favor.
Ele se aproxima dela.
Senta-se ao seu lado.
Supera a sua repulsa.
Faz carinho no Concentrador.
A gente pode ser criativo.

MARK (*risada involuntária*)
Ela também solta umas risadas.
Você tá morta? Eu não sei dizer.
Isso é você?

VI (*cantando "The Most Beautiful Girl in the World", de Prince.*) "Posso ser? O concentrador mais lindo do mundo?"[8]

MARK (*acompanhando*) "Tá na cara / Foi por sua causa que Deus fez a mulher"[9]

JUNTOS "Dã dã dãm dã dãm.
Posso ser? O concentrador mais lindo do mundo?"

VI Shamon![10]
Pausa.

MARK Você tá ridícula.

VI Vai lá e pega alguma coisa.
Pausa breve.

MARK O quê? Um chapéu?

VI Qual é.
Pausa.
Hightech.
Ele assente.

MARK Um simulador.
Eu podia conseguir com alguém.

8 No original, ela muda a letra da música e também o trecho em que cantam juntos. O que seria "*Could you be/ The most beautiful girl in the world?*" passa a ser, na versão de Vi: "*Could I be?/ The most beautiful hub in the world?*".
9 Mark canta, conforme a letra de Prince, "*Plain to see/ You're the reason that God made the girl*".
10 "*Shamon*", em imitação a Michael Jackson.

MARK *pondera.*
Eles iam descobrir.
A não ser que.

VI Não.

MARK Quem sabe?

VI Não, não pode.

MARK Ninguém ia desconfiar de um implante.
Ele gesticula, apontando para uma parte logo acima de seu olho.

VI Mas.

MARK Não ia ser em mim.

VI Você nunca fez nenhum procedimento.

MARK Pois é.

VI Não. Senhor purista — Senhor ultralimpo. Seguidor das leis —

MARK Exatamente.

VI Você. Faria isso?
Faria um procedimento?
Isso funcionaria?

MARK Não sei.
Pausa breve.

VI De que tipo?
Ele aponta para os seus olhos.
Acho que você tá apontando pra alguma coisa, mas eu não tenho olhos, Mark. Não mais.

MARK Ai, desculpa. (*Como uma sugestão.*) Lentes de realidade aumentada? (*Melancólico.*) Aí eu ia poder te ver.

VI Me sentir?

MARK Sentir você.
Pausa.

VI Deixa pra lá.
Não. Você não pode.
Tá tudo certo, eu tô bem assim.

MARK Vi. Você é.
Pausa.
Ele beija o Concentrador.
As partes afiadas arranham o seu rosto.
Eu te amo.
Descansa a cabeça em cima dela.
Espreme seu corpo contra o Concentrador.
Dá um suspiro de estilhaçar a alma.

*

As jardineiras e os cestos se foram. Um mau contato é perceptível nas superfícies digitais da cabana de vez em quando. Pode-se perceber que as superfícies computadorizadas estão precisando de atualizações. O lugar está abandonado, em mau estado.
Ele entra de repente, está empolgado.
Dá uma espiada pela janela e fecha as cortinas.
Ele usa roupas especiais para a ocasião, está aprumado e bem-vestido de novo.
Cautelosamente, retira um curativo da testa.
Pode-se ver uma cicatriz nova e saliente cruzando a sua testa de lado a lado.

MARK Tudo certo, tá instalado!
Ele para. Tenta ouvir uma resposta.
Não há resposta.
Ele examina a ferida no espelho. Argh.
Arruma o cabelo.
Ele arruma os componentes de VI cuidadosamente. Cantarola para si mesmo.
Toca os restos de VI afetuosamente. Procura senti-los de verdade com as mãos.
Gesticula. A música de VI toca.
Violet?
Desembaraça um dos itens de sua roupa. Respira para sentir o que resta do cheiro de VI.
Deu certo, Violet!
É uma sensação — muito louca.

Nunca usei nenhuma droga, mas acho que a sensação deve ser parecida. Tá orgulhosa?
No fim das contas, foi fácil fazer. É fácil conseguir coisas ilegais, não é? Acho que mando bem até. Sou um — (*Com voz de criminoso.*) *infrator.* Só demorou uma hora. Pá-pum. Esquema oficina de desmanche.
Tá orgulhosa?
Eu faria tudo de novo. Faria qualquer coisa.
Você. É...
Desculpa por nunca ter te escutado. Me desculpa por isso.
Me desculpa pelo que eu fiz você sentir. Você teve que mentir.
Eu te amo pelo que você é.
Te amo ainda mais, e agora você — me deu uma lição.
Violet?
Silêncio.
Violet?
O Concentrador não está funcionando. Ele murcha.
Violet?
Ele toca os seus restos.
Coloca um chapéu alegre sobre o que resta de Vi. Admira o resultado. Não dá muito certo.
Vai buscar a torradeira que tem um rosto.
Coloca em cima da coleção de objetos.
Não, não. Com pressa, esconde a torradeira de novo.
Ele se senta com ela.
Toca os seus restos e encosta-os contra o corpo. Por fim, baixa o zíper da calça. Sobe o zíper de novo, rapidamente.

Não.
Ele meneia a cabeça, ri.
Caminha em volta do cômodo.
Mais uma dancinha, retomando a confiança. Reaproxima-se da coleção de objetos.
Faz amor, de maneira privada.
Tenta chegar mais perto dos componentes.

VOZ SIMULAR?

De repente, enche-se de esperança.

SIMULAR?

MARK Hmmm... Ehmm... sim, “Simular”.
Nada acontece.
Ele para, sente-se exasperado.
Escuridão.
Uma centelha de luz. Uma falha técnica.
Uma foto do rosto de VI aparece. Uma foto boba e inapropriada. Uma espera animada / o menu de músicas se repete.
(*Da escuridão.*) Babaca, inútil, ser de segunda categoria / saco de merda —

VOZ SIMULAR?

MARK Sim.
O hardware de realidade virtual (RV) *entra em funcionamento.*
De repente: VI está ali, com falhas técnicas ocasionais.

Ele ri, triunfante: uma mão toca o seu novo implante — funciona.
Ela sacode os seus membros e verifica o estado de seu corpo.
Eles tocam um ao outro, tímidos, empolgados.

VI E aí, seu sumido.

MARK (*emotivo*) Oi, Vi.
Eles se aproximam, gentilmente.
Não achei que isso fosse funcionar.
Ela toca os olhos e ouvidos de MARK cheia de curiosidade.

VI Implante.
Ele assente.
Ela toca a cicatriz de MARK.
Na cabeça?
Ela olha para baixo, dá risadinhas.
Sua braguilha tá aberta.

MARK (*gentilmente*) Eu tava com saudades.
Tava com tanta, mas tanta saudade.
Agora tudo está perfeito, não está?
E assim eles dançam, maravilhados.
Fim.

POSFÁCIO

Alinne Balduino Pires Fernandes

Stacey Gregg é uma escritora prolífica e artista multifacetada que atua no teatro, na televisão e no cinema. Tendo nascido e crescido na Irlanda do Norte, nos últimos quinze anos que antecederam o fim dos Troubles, conflito civil armado que durou mais de três décadas, Gregg viu-se habitante de um mundo dividido entre dois lados bem definidos por questões políticas, mas revestidos de uma fachada religiosa: um lado católico e outro protestante. Considerada pela crítica como uma artista do período pós-conflito armado (Jordan e Wietz, 2018), em suas obras fica muito clara sua necessidade de extrapolar binarismos e polarizações de posicionamentos religiosos, políticos, étnico-raciais e de gênero, além da crítica às classes sociais, como um importante marco separador de pessoas na contemporaneidade e, mais especificamente, na Belfast de hoje. Suas preocupações vão "muito além do conflito norte-irlandês" (Ibid., p. 6, tradução minha), visto que suas criações artísticas trazem reflexões importantes sobre identidades não binárias, imigração, além de questões pós e trans-humanísticas. Em 12 de novembro de 2021, tive a oportunidade de entrevistar Gregg para discutir essas questões com maior profundidade, como parte da programação da V Jornada do Núcleo de Estudos Irlandeses da Universidade

Federal de Santa Catarina. A entrevista encontra-se disponível na íntegra, online.[11]

Agora passo às minhas reflexões sobre *Controle manual* (*Override*, em inglês). A autora sugere, na "Nota da autora", que a peça não transmita a ideia de uma peça futurística. Apesar disso, podemos afirmar que *Controle manual* é uma distopia no sentido de que seus personagens, Violet (ou Vi) e Mark, sentem-se assoberbados pelos avanços tecnológicos da sua própria sociedade e decidem se mudar para uma casinha de campo numa área rural, para terem filhos naturalmente, libertando-se de qualquer tipo de intervenção médica e, portanto, tecnológica. As intenções do casal caem por terra tão logo algumas verdades sobre ambos começam a vir à tona. As revelações das verdades começam por Vi. Mark, o mais moralista do casal, acha-se melhor por ser "puro", por acreditar que não tenha sido alvo de intervenções tecnológicas, mas nem ele escapa, pois a verdade é que ele mesmo é fruto de uma seleção genética, resultado de uma fertilização in vitro.

A peça questiona os papéis de gênero, expondo diversos tipos de violência, da verbal à física, pois ao "anular" os comandos de Vi, Mark literalmente acaba com ela. Ademais, a peça questiona os limites daquilo que constitui ser humano. Ao descobrir que Vi passou pelas mais diversas cirurgias, Mark passa a compará-la a robôs e máquinas projetadas para fazer companhia a homens. Vi tornou-se um "super" ser por ter um braço biônico e superolhos — afinal, seria ela um ciborgue? Por outro lado, o próprio Mark tem suas capacidades estendidas

[11] No canal do YouTube do Programa de Pós-Graduação em Inglês da UFSC, <https://www.youtube.com/watch?v=lK5OwJHoqqk>, e no site do Núcleo de Estudos Irlandeses, <https://nei.ufsc.br/>. Acesso em: 10 maio 2024.

ou aumentadas por seu uso e domínio das superfícies digitais da casa — muito semelhantes a assistentes como a Amazon Alexa, o Google Assistente e a Siri da Apple. Então, não seria Mark também meio ciborgue? Não seríamos todos nós?

A definição de Vi para ser humano resume-se a ser "só um bando de neurônios esparramados por aí" e "esperma e carbono", nada de especial e nada mais do que isso. A partir do momento em que o elo de confiança que existia entre Mark e Vi é quebrado, Mark torna-se seu Administrador e desativa o seu sistema, que funcionava de maneira autônoma. Assim, Vi passa a ser controlada e a funcionar só manualmente. Ao ativar o "Controle Manual", que leio como o último ato de violência de Mark contra Vi, Mark acha que vai salvá-la, mas termina por transformá-la num Concentrador USB.

No caso específico de *Controle manual*, o isolamento de um casal heterossexual e aparentemente perfeitamente dentro do padrão acaba por colocar em xeque qualquer senso de respeito e cordialidade entre seres humanos a partir do momento em que se apresenta a possibilidade de que Vi não seja realmente humana.

A peça foi encomendada para uma temporada de teatro em Londres, chamada "2013 Ideal World Season" [Temporada Mundo Ideal], que ocorreu no Watford Palace Theatre. Além de *Controle manual*, de Stacey Gregg, a temporada contou com as peças *Perfect Match* [Combinação perfeita], do dramaturgo galês Gary Owen, e *Virgin* [Virgem], da dramaturga inglesa E. V. Crowe. As três peças lidam com as mudanças aceleradas causadas pela tecnologia e seus impactos na vida humana. No mesmo ano, a artista digital e programadora Anna Troisi, o artista eletroacústico Antonino Chiaramonte, a especialista em mídia interativa Jenna Pei-Suin Ng e Stacey Gregg criaram colaborativamente a instalação de arte digital chamada *Talk to Me*, que "serve para ampliar o mundo da história de *Controle manual*" (tradução minha). Menciono isso para reforçar como os interesses artísticos de Gregg envolvem experimentação e muitas vezes vão além das convenções teatrais tradicionais.

Apesar do entusiasmo em torno do trabalho de Gregg, suas obras não receberam ainda muita atenção na academia. Até o momento, existem apenas dois ensaios que lidam especificamente com *Controle manual*: o capítulo do livro de Ashley Taggart, "'Contempt of Flesh': Adventures in the Uncanny Valley — Stacey Gregg's *Override*" (2018) e o artigo de minha autoria em colaboração com Melina Savi, "'You're Like a Vegetarian in Leather Shoes': Cognitive Disconnect and Ecogrief in Stacey Gregg's *Override*" (2023). Ambos comentam sobre a estranheza provocada pela peça. Quando Mark percebe que Vi não é tão humana quanto ele pensava, começa a sentir repulsa por ela, caindo assim no *uncanny valley* ("vale do estranhamento"), um termo cunhado por Masahiro Mori para descrever "a estranha repulsa que sentimos por coisas que parecem quase humanas", mas que não são bem humanas, como Taggart explica (2018, p. 661, minha tradução). Melina Savi e eu ponderamos ainda sobre o gênero da peça: "Como uma peça de ficção científica, *Controle manual* está inserida em um terreno especulativo que reflete sobre o que ainda não é, mas o aspecto contemporâneo da peça sugere que é" (2023, p. 139, minha tradução). Na Segunda Parte da peça, Vi passa por um processo de decomposição. Seu corpo inteiro se deteriora a ponto de ser reduzido a uma caixa de metal, um Concentrador USB com transmissor de voz. De certa forma, poder-se-ia argumentar que ela morre fisicamente, mas permanece viva na realidade virtual. Então, Vi morreu de fato ou não?

Dentre as peças selecionadas para o ciclo "Teatro irlandês, deficiência e protagonismo", *Controle manual* foi a peça menos obviamente irlandesa (ou norte-irlandesa), por assim dizer. Quanto à linguagem, a peça não possui palavras nem expressões culturalmente marcados. Poderia ser produzida usando-se um cenário que retratasse qualquer lugar que transmitisse um aspecto rural, rústico. A infraestrutura ultra tecnológica da casa é revelada conforme a peça se desenrola. Tudo o que parece ser feito à mão ou mais artesanal revela-se, na verdade, ser artificial — até mesmo as plantas que Vi tenta colocar nos vasos. Pode-se argumentar que o tema mais marcante da peça gira em torno da ética envolvida nas transformações tecnológicas extremadas, assim como em intervenções médicas e suas consequências, levando-nos a questionar o que faz de um ser humano um ser humano, sobretudo nesses tempos em que a inteligência artificial revela-se tão assustadoramente sofisticada. No entanto, há em seu cerne algo muito irlandês: a casa de campo, onde toda a ação acontece.

Em *The Spaces of Irish Drama* (2011), Helen Lojek argumenta que as rubricas são o ponto de partida para a análise do espaço cênico. A título de curiosidade, a produção de estreia de *Override* na Inglaterra, no Watford Palace Theatre em 2 de outubro de 2013, teve como cenário a sala e a cozinha de uma pequena casa de campo, com portas de madeira e janelas de moldura de madeira. Já a produção da estreia irlandesa, por outro lado, que ocorreu no Project Arts Centre de Dublin, como parte do Fringe Festival, em setembro de 2016, adotou uma abordagem diferente: o cenário e os figurinos eram claramente futuristas, indo contra as "Notas da autora", em que Gregg sinaliza que "[à] primeira vista, a peça tem um estilo retrô ou de bricolagem, como se estivéssemos nos anos 1960 ou 1990, ou ainda num espaço contemporâneo não identificável. O que importa é que não tenhamos a sensação de estarmos assistindo a algo 'futurista'".

Segundo Lojek, "os espaços cênicos não são meros espaços de fundo casuais, mas sim marcações deliberadas de temas importantes" (2011, p. 5, minha tradução). Insisto em dizer, portanto, que o espaço da casa de campo merece nossa atenção. Desde o Renascimento Dramático Irlandês, movimento do início do século XX, a cozinha da casa de campo tem sido usada como cenário que representa o lar ideal. Embora a casa de campo (*cottage*) tenha deixado de ser o lar tipicamente irlandês há várias décadas, visto que a população tem se tornado cada vez mais urbana, as repetidas encenações nesse tipo de cenário transformaram-no num lugar arquetípico para o drama irlandês. Pode-se argumentar, então, que *Controle manual* usa esse cenário arquétipo com dupla ironia. A primeira camada irônica diz respeito ao fato de que uma casa rústica é nada mais que a fachada de um lugar altamente tecnológico e artificial. Muitas das coisas que parecem ser objetos físicos são na verdade projeções digitais. No final da Primeira Parte, Vi "*gira o braço e as superfícies digitais da sala giram como um caleidoscópio"*. A segunda camada irônica vem de uma reflexão mais profunda sobre o significado da cozinha da casa de campo para o teatro irlandês canônico. Segundo Lojek, apesar de ter desaparecido da Irlanda real do presente, ela representa um lugar que persiste na mente dos irlandeses e que remete ao passado idílico irlandês, que foi também idealizado no início do século XX no Renascimento Dramático Irlandês. Em *Controle manual*, a casa como cenário é um tropo ambivalente, um lar confortável a princípio, mas que logo se torna uma espécie de armadilha, especialmente para Vi e o bebê que ela está esperando.

Se a casa de campo (e sua cozinha) é um referente tão emblemático para os irlandeses (e os norte-irlandeses), consciente ou inconscientemente, como isso seria (ou será) percebido no contexto brasileiro? Certamente novas camadas interpretativas serão acrescentadas e novos aspectos simbólicos surgirão no texto em português do Brasil. Com isso, agora reflito sobre os modos como dei vida ao texto em português, tomando emprestadas as palavras de Patrice Pavis (2008), ao referir-se àquilo que o tradutor de teatro faz ao traduzir o texto teatral.

Começo pela minha escolha do termo "controle manual" para o título da peça. Segundo o dicionário Cambridge, a palavra "*Override*", título da peça em inglês, pode significar "passar por cima de", "anular", "desativar" e também "controlar", "operar uma máquina automática manualmente". O termo é usado na peça em diversos momentos e contextos distintos, ora como substantivo, ora como verbo transitivo direto. A escolha por "controle manual" deu-se, portanto, por compreender o que Mark executa no sistema autônomo de Vi

— o que por vezes também aparece na peça como "anulação de comandos" de uma máquina —, mas também por conta daquilo que ele faz com *ela*, como sua companheira. Ele passa a ser o controlador e administrador *dela*, como máquina e como mulher num relacionamento.

O estilo linguístico de *Controle manual* é constituído por frases fragmentadas e interrupções constantes, típicas de uma conversa entre pessoas íntimas, sobretudo na situação de tensão como aquela em que Mark e Vi se encontram. O ritmo staccato da peça marca o fluxo de "ideias fragmentadas, diálogos sobrepostos, pensamentos inacabados, gestos interrompidos e grunhidos de 'normalidade não fluente'", como sugere Taggart (2018, p. 660, minha tradução). A noção de "normalidade não fluente" foi fundamental para o desenvolvimento da tradução e, portanto, para minha criação de falas truncadas que reproduzissem esses pensamentos interrompidos em português do Brasil. A linguagem do texto da peça de Gregg é altamente coloquial e repleta de expressões informais e inventadas.

Sua informalidade é percebida logo nas rubricas iniciais, em que Vi é descrita como personagem: "*She guestimates ingredients when cooking*" (Gregg, 2013, p. 9). O verbo "*to guestimate*" é informal e resulta de uma contração dos verbos "*to guess*" (adivinhar) e "*to estimate*" (estimar). Para manter o tom da peça, optei por "Quando cozinha, mede as quantidades dos ingredientes no olhômetro". "Olhômetro" é um substantivo humorístico e informal, usado em minha tradução na forma de uma construção adverbial, significando usar a visão como instrumento de medição ou avaliação com pouca precisão.

Em minha tradução, precisei recorrer a uma modulação para tornar o texto mais fluido e natural, assim como para manter o tom brincalhão usado para descrever Violet. A modulação, segundo os teóricos da tradução Jean-Paul Vinay e Jean Dalbernet (2004), acontece quando uma categoria gramatical é trocada por outra na tradução para criar o efeito de maior naturalidade.

As marcas comerciais usadas como referências a elementos existentes no mundo da peça também me proporcionaram oportunidades de bastante criatividade por conta do significado e do jogo de palavras que carregam. Por exemplo, ao referir-se às plantas da casa e materiais usados para seu cultivo, que, na verdade, são sintéticas, Vi menciona as marcas de grama sintética "*Astroturf*" e "*Easigrass*" (Gregg 2013, p. 23). Traduzi os termos, respectivamente, como "Relvastro", uma combinação de "relva" (*turf*) e "astro", e "Grama-Fácil", literalmente, "*easy grass*", mas intervertido numa transposição, pois o uso não marcado em português, ou seja, mais fluido, segue a ordem substantivo > adjetivo. Outros nomes de marca usados na peça são aqueles em referência aos implantes de Vi, como a marca de sua pele sintética "*Livingtech*™". Na tradução, o nome da marca para sua pele sintética tornou-se "Vidatech®", na qual tomei emprestado o sufixo anglicizado "tech", já que é comumente usado na forma de empréstimo em nomes de marca no Brasil (em português, seria simplesmente "tec"), e traduzi "*Living*" (o verbo "viver" em sua forma gerúndio "vivendo" ou o substantivo para "vida", dependendo do contexto) como "Vida". Uma lógica semelhante foi aplicada a "*Superarm250*™", que se tornou "Superbraço250®", em referência ao braço biônico de Vi. Incluí também breves notas de rodapé com intuito de explicar aspectos do mundo da peça, incluindo minhas escolhas para as palavras inventadas.

Outros termos técnicos importantes usados para descrever o mundo da peça envolvem políticas governamentais e os comandos de inteligência artificial. Na Primeira Parte, quando Vi começa a revelar para Mark que pode ter "pedaços de tecnologia" em seu corpo, Mark exige que ela seja escaneada para saber se ele está lidando com uma "Acompanhante" ou uma humana. Ele a ameaça, dizendo que ela poderá ser fichada por "Desacato à Carne" e que seu perfil poderá ser traçado a qualquer momento. Essas referências dizem respeito à nova legislação que entrou em vigor após certos tipos de procedimentos cirúrgicos terem se tornado ilegais. Minha tradução foca no aspecto policialesco e de constante vigilância presente nas visões de Mark. Pensando no nosso contexto, a polícia brasileira é internacionalmente conhecida pelo abuso de poder e por assassinatos "acidentais" de minorias (psicológicas),[12] especialmente de afro-brasileiros, moradores de comunidades.

[12] Em sua obra canônica na psicologia social, *The Nature of Prejudice* [A natureza do preconceito], Gordon Alport (1979, p. 243) explica o significado do termo "minoria": "de forma estrita, [o termo 'minoria'] [...] refere-se apenas a algum grupo que é menor que outro com o qual é comparado". Por essa razão, ele diferencia as "minorias estatísticas", ou seja, aquelas que constituem um grupo quantitativamente menor dentro de uma sociedade, das "minorias psicológicas", que, por sua vez, são grupos que, embora quantitativamente maiores, são alvo de estigmas produzidos pelo grupo dominante. No Brasil, por exemplo, embora os afro-brasileiros constituam uma maioria estatística (aproximadamente 56% da população brasileira), eles têm os piores níveis de acesso a educação, emprego e saneamento básico. São também a população mais frequentemente assassinada pela polícia. Para mais informações, ver o site do censo brasileiro, <https://agenciadenoticias.ibge.gov.br/agencia-noticias/2012-agencia-de-noticias/noticias/35467-pessoas-pretas-e-pardas-continuam-com-menor-acesso-a-emprego-educacao-seguranca-e-saneamento>, e também o Fórum Brasileiro de Segurança Pública, <https://forumseguranca.org.br/atlas-da-violencia/atlas-2020/>.

Vi é, de fato, um bode expiatório na peça. Ela "finge ser" uma humana comum, mas, se descoberta, será condenada.

Outra característica do texto de Gregg é o amplo uso de palavrões e contrações, que atestam também o nível de coloquialidade da escrita. Além disso, muitas vezes as falas dos personagens não têm pontuação ou são fragmentadas, construídas em um ritmo staccato. Ilustro a questão por meio do excerto abaixo, retirado da peça em inglês:

> *Mark: If we allow — Vi — people — your mum — expected choice beyond — Would you deselect our baby? You can't augment every inch of your body and then deselect your baby cos it's not super enough*
>
> *Vi: nngGG I KNOW — I can think for myself, I know it's a shock but I can.*
>
> *Mark: That's creating — a a superior class of, that's that's a holocaust of normal people, Violet.* (Gregg, 2013, p. 31)

Na minha tradução, segui o ritmo staccato, mas optei por pontuação em lugares onde não havia. Tentei replicar a falta de pontuação na tradução, mas depois de algumas leituras, inclusive por parte dos produtores do ciclo, ela se mostrou muito difícil de seguir. Ilustro abaixo uma de minhas soluções para os diálogos fragmentados. O trecho refere-se à primeira fala de Mark do excerto em inglês acima, que termina com a palavra "*enough*" sem pontuação. Na minha tradução, adicionei um travessão, indicando uma interrupção:

Mark: Se a gente permitir — Vi — as pessoas — a sua mãe — queriam poder *escolher* — Você desescolheria o *nosso* bebê? Você não pode aprimorar cada milímetro do seu corpo e depois desescolher o seu filho porque ele não é "super" o bastante —

Para a última fala de Mark exposta no excerto em inglês acima, adicionei vírgulas entre "uma, uma" (onde se lê, em inglês "*a a*") para indicar seu momento de hesitação e busca por uma palavra adequada:

Mark: Isso é como criar — uma, uma raça superior de, isso é, é um holocausto de pessoas *normais*, Violet.

Para marcar a coloquialidade das falas, também optei pela contração de ocorrências do verbo "estar". Assim, usei "tô", por exemplo, em vez de "estou". De um modo geral, meu projeto de tradução visou recriar um ritmo de fluência e coloquialidade acentuada, recorrendo a regras próprias do português do Brasil e levando em consideração o socioleto das personagens. Embora de classe média (Violet) e classe média alta (Mark), eles se comunicam numa linguagem mais íntima, quase que criada por e para eles mesmos, introduzindo-nos no mundo dessa peça, que possui suas próprias normas sociais.

Vejo a tradução de teatro como aquela a ser produzida por uma dramaturgista, como sugere Patrice Pavis, em *O teatro no cruzamento de culturas* (2008). O termo não é comumente usado no Brasil e receio não conseguir aqui destrinchar muito sua história (explico um pouco melhor em Fernandes e Bohunovsky, 2023), mas posso sintetizar seu significado como sendo um especialista em determinado tipo de teatro, nas obras de um(a) determinado(a) dramaturgo(a) ou tradição teatral, no contexto cultural, histórico e político em que a obra foi escrita originalmente, e que busca escrever com vistas à encenação. O tradutor de teatro traduz com uma visão, uma consciência de cena, buscando sonoridades e ritmos próprios à sua nova realidade e ao seu propósito artístico. Trata-se, portanto, de um compromisso firmado tanto com a cultura de onde se origina o texto teatral quanto com a que o recebe em sua nova roupagem linguística. Ele é recriado artisticamente para se tornar arte na cultura que o recebe. Sendo assim, o tradutor de teatro é necessariamente um agente intercultural, atravessador de culturas, metaforicamente com os olhos e a mente de Jano, o deus romano das mudanças e transições, que observa dois lados ao mesmo tempo.

REFERÊNCIAS BIBLIOGRÁFICAS

ALPORT, Gordon. *The Nature of Prejudice*. 3. ed. Nova York: Basic Books, 1979.

FERNANDES, Alinne; BOHUNOVKSY, Ruth. "Tradutores de teatro como agentes criativos, políticos e artísticos". *Cadernos de Tradução*, v. 43, n. esp. 1, pp. 6-13, 2023. Disponível em: <https://doi.org/10.5007/2175-7968.2023.e93054>. Acesso: 05 ago. 2024.

GREGG, Stacey. *Override*. Londres: Nick Hern Books, 2013.

JORDAN, Eamonn; WEITZ, Eric. "Introductions / Orientations". In: ______ (Orgs.). *The Palgrave Handbook of Contemporary Irish Theatre and Performance*. Londres: Palgrave Macmillan, 2018, pp. 1-28.

LOJEK, Helen. *The Spaces of Irish Drama: Stage and Place in Contemporary Plays*. Londres: Palgrave MacMillan, 2011.

SAVI, Melina; FERNANDES, Alinne. "'You're like a vegetarian in leather shoes': Cognitive Disconnect and Ecogrief in Stacey Gregg's *Override*". *Estudios Irlandeses*, n. 18, pp. 137-47, 2023. Disponível em: <https://doi.org/10.24162/EI2023-11472>. Acesso: 28 jul. 2024.

VINAY, Jean Paul; DALBERNET, Jean. *A Methodology for Translation*. Trad. de Juan C. Sager e M.-J. Hamel. In: LAWRENCE, V. (Org.). *The Translation Studies Reader*. 2. ed. Nova York: Routledge, 2004, pp. 128-37.

PAVIS, Patrice. *O teatro no cruzamento de culturas*. Trad. Nanci Fernandes. São Paulo: Perspectiva, 2008.

TAGGART, Ashley. "'Contempt of Flesh': Adventures in the Uncanny Valley — Stacey Gregg's *Override*". In: JORDAN, Eamonn; WEITZ, Eric (Orgs.). *Palgrave Handbook of Contemporary Irish Theatre and Performance*. Londres: Palgrave McMillan, 2018, pp. 657-63.

TROISI, Anna et al. "'Talk to me', a Digital Art Web Installation". *Proceedings of the 10th International Symposium on Computer Music Multidisciplinary Research — Sound, Music & Motion*, pp. 1025-8, 2013. Disponível em: <https://cmmr2013.prism.cnrs.fr/Docs/CMMR2013Proceedings.pdf>. Acesso em: 10 maio 2024.

CRONOLOGIA DA OBRA DE STACEY GREGG

PEÇAS (data da primeira produção)

2008 *Bruised* (em coautoria com Maria Connolly, Rosemary Jenkinson e Maria McManus)
2010 *Huzzies*
2011 *Lagan*
2011 *Perve*
2013 *I'm Spilling My Heart Out Here*
2013 *Override*
2015 *Shibboleth*
2016 *Choices*
2016 *Scorch*
2019 *Brilliant*
2020 *Staring at the sun*

ADAPTAÇÕES (TEATRO)

2007 *Ismene*
2017 *Josephine K and the Algorithms*

LONGA-METRAGEM

2021 *Here Before*

CURTAS-METRAGENS

2017 *Your Ma's a Hard Brexit*
2018 *Balls* (em coautoria com Lily Cole)
2022 *Ballywalter*

EPISÓDIOS DE SÉRIES DE TV

2015 *The Frankenstein Murders — The Frankenstein Chronicles* (em coautoria com Benjamin Ross)
2017 *Elena — Riviera*
2017 *Artist's Work — Riviera*
2018 *Passionate Amateur — The Innøcents* (em coautoria com Simon Duric e Hania Elkington)
2020 *Episode 05 — Little Birds* (em coautoria com Sophia Al Maria)

SOBRE A ORGANIZADORA

Beatriz Kopschitz Xavier Bastos é membro permanente do Programa de Pós-Graduação em Inglês (PPGI) e vice-coordenadora do Núcleo de Estudos Irlandeses (NEI) da Universidade Federal de Santa Catarina (UFSC). Faz parte do Ulysses Council, no Museum of Literature Ireland (MoLI), em Dublin, e da diretoria executiva da International Association for the Study of Irish Literatures (IASIL). É graduada em Letras pela Universidade Federal de Juiz de Fora, mestre em inglês pela Northwestern University e doutora em Estudos Linguísticos e Literários em Inglês pela Universidade de São Paulo. Desenvolveu duas pesquisas de pós-doutorado na Universidade Federal de Santa Catarina, nas áreas de teatro e cinema irlandês. Foi pesquisadora em University College Dublin, University of Galway e Trinity College Dublin. É também diretora da Cia Ludens, com Domingos Nunez. Suas publicações, como coeditora e organizadora, incluem: *Ilha do Desterro 58: Contemporary Irish Theatre* (2010); a série bilíngue A Irlanda no Cinema: Roteiros e Contextos Críticos — *The Uncle Jack / O Tio Jack*, de John T. Davis (Humanitas, 2011), *The Woman Who Married Clark Gable / A mulher que se casou com Clark Gable*, de Thaddeus O'Sullivan (Humanitas, 2013), *The Road to God Knows Where / A Estrada para Deus sabe onde*, de Alan Gilsenan (EdUFSC, 2015) e *Maeve*, de Pat Murphy (EdUFSC, 2022); Coleção Brian Friel (Hedra, 2013); Coleção Tom Murphy (Iluminuras, 2019); *Ilha do Desterro 73.2: The Irish Theatrical Diaspora* (2020); *Contemporary Irish Documentary Theatre* (Bloomsbury, 2020); *O poço dos santos*, de J. M. Synge (Iluminuras, 2023); e *Luvas e anéis* e *Padrão dominante*, de Rosaleen McDonagh (Iluminuras, 2023). Em 2023, foi cocuradora da exposição *Irlandeses no Brasil*, realizada pelo Consulado Geral da Irlanda, na Biblioteca Nacional no Rio de Janeiro, e recebeu, do governo da Irlanda, o Presidential Distinguished Service Award, na categoria de Artes, Cultura e Esporte.

SOBRE A TRADUTORA

Alinne Balduino Pires Fernandes é dramaturgista, tradutora, diretora artística de radioteatro e professora do Departamento de Língua e Literatura Estrangeiras e do Programa de Pós-Graduação em Inglês da Universidade Federal de Santa Catarina (UFSC). Na UFSC, é também coordenadora do Núcleo de Estudos Irlandeses, que conta com fomento do Emigrant Support Programme do governo da Irlanda, e do Laboratório de Drama Radiofônico, que conta com fomento do Conselho Nacional de Desenvolvimento Científico e Tecnológico (CNPq). Em 2023, tornou-se membro do conselho executivo do Irish Society for Theatre Research e bolsista de produtividade do CNPq. É graduada em Letras — Inglês pela UFSC (2006), mestre em Inglês — Estudos Linguísticos e Literários pela UFSC (2009), doutora em Dramaturgia e Tradução de Teatro pela Queen's University Belfast (2012). Foi pesquisadora visitante na National University of Ireland — Galway (2007) e realizou pesquisa pós-doutoral em adaptação para o radioteatro na University College Dublin (2022) e na Universidade de Brasília (2023). Suas produções de radioteatro incluem: *Meu nome, posso te falar o meu nome?* (2022, adaptação da peça de Christina Reid) e *Como criar sua própria sereia* (2023, adaptação do conto de Marina Carr). Também traduziu diversas peças de teatro, entre elas se destaca *No Pântano dos Gatos...* (Rafael Copetti, 2017), de Marina Carr. Suas publicações, como organizadora e coorganizadora, incluem: *Ilha do Desterro 71:2: Artistic Collaborations* (2018), *Theatre, Performance and Commemoration* (Bloomsbury, 2023), *Teorias da tradução de 1990 a 2019* (EdUFSC, 2023) e *Cadernos de Tradução 43:1: Tradutores de teatro* (2023). Dentre seus artigos e capítulos de livros publicados internacionalmente, destacam-se: "'You're Like a Vegetarian in Leather Shoes': Cognitive Disconnect and Ecogrief in Stacey Gregg's *Override*" (*Estudios Irlandeses*, 2023), "'An Acceptable Level of Violence': A Brazilian Translation and Digital Rehearsed Reading of Christina Reid's *My Name, Shall I Tell You My Name?*" (*Research in Drama Education*, 2022) e "Patricia Brogan's *Eclipsed* in Brazil: Resonances and Reflections" (Manchester University Press, 2021).

Este livro foi publicado com o apoio de

Ambasáid na hÉireann | An Bhrasaíl
Embassy of Ireland | Brazil
Embaixada da Irlanda | Brasil

Ard-Chonsalacht na hÉireann | São Paulo
Consulate General of Ireland | São Paulo
Consulado-Geral da Irlanda | São Paulo

A *Iluminuras* dedica suas publicações à memória de sua sócia Beatriz Costa [1957-2020] e a de seu pai Alcides Jorge Costa [1925-2016].